講談社文庫

赤坂の達磨

公家武者信平《のぶひら》ことはじめ（十三）

佐々木裕一

講談社

目次

『赤坂《あかさか》の達磨《だるま》――公家武者信平ことはじめ13』の主な登場人物

鷹司 松平信平《たかつかさまつだいらのぶひら》……三代将軍家光《いえみつ》の正室・鷹司孝子《たかこ》（後の本理院《ほんりいん》）の弟。鷹司の血を引くが庶子ゆえに姉を頼り江戸にくだり武家となる。

松姫《まつひめ》……徳川頼宣《とくがわよりのぶ》の娘。将軍・家綱の命で信平に嫁ぎ、その子福千代《ふくちよ》を生む。

五味正三《ごみしょうぞう》……町方同心。事件を通じ信平と知り合い、身分を超えた友となる。

お初《はつ》……老中・阿部豊後守の命により、信平に監視役として遣わされた「くのいち」。

葉山善衛門《はやまぜんえもん》……家督を譲った後も家光に仕えていた旗本。家光の命《めい》により信平に仕える。

四代将軍・家綱《いえつな》……幼くして将軍となる。本理院を姉のように慕い、永く信平を庇護《ひご》する。

阿部豊後守忠秋《あべぶんごのかみただあき》……信平に反感を抱く幕閣もいる中、家光・家綱の意を汲《く》み信平を支える老中。

徳川頼宣……松姫可愛《かわい》さから輿入《こしい》れに何かと条件をつけたが、次第に信平のよき理解者に。

江島佐吉《えじまさきち》……強い相手を求め「四谷《よつや》の弁慶《べんけい》」なる辻斬《つじぎ》りをしていたが、信平に敗れ家臣に。

鈴蔵《りんぞう》……馬の所有権をめぐり信平と出会い、家来となる。忍びの心得を持つ男。

千下頼母《せんげたのも》……病弱な兄を想《おも》い家に残る決意をした旗本次男。信平に魅せられ家臣に。

竹島糸《たけしまいと》……松姫の侍女。松姫の供として信平の屋敷《やしき》に入る。

中井春房《なかいはるふさ》……紀伊《きい》徳川家の家臣ながら松姫の輿入れに従い事実上、信平の家臣となる。

月山典膻《つきやまてんだん》……備中成井《びっちゅうなりい》藩の江戸家老を務めた後に私塾を開き「達磨先生」と呼ばれる。

赤坂《あかさか》の達磨《だるま》——公家武者信平《のぶひら》ことはじめ(十三)

第一話　赤坂《あかさか》の達磨《だるま》

一

この日、鷹司《たかつかさ》松平信平《まつだいらのぶひら》は、病床に臥《ふ》している老中、松平伊豆守信綱《まつだいらいずのかみのぶつな》を見舞い、供をした葉山善衛門《はやまぜんえもん》と千下頼母《けんげたのも》の両名と赤坂の屋敷《やしき》へ帰っていた。

新領地の長柄郡下之郷村《ながらごおりしものごうむら》を襲った鬼雅《おにまさ》一味を退治できたことは、伊豆守が病床に信平を呼び、凶悪な盗賊の存在を知らせてくれたことが大きい。にもかかわらず、村人に犠牲者を出してしまったことは、信平にとっては痛恨の極みであった。

病床で信平の話を聞いた伊豆守は、関八州《かんはっしゅう》を荒らし回った鬼雅に襲われて壊滅しなかった村はほぼないのだから、下之郷村を救い、鬼雅一味を退治したことはあっぱれだと言い、励ましてくれた。領地も今は静かになり、領民たちも平穏に暮らしているのであれば、前を向いて、領民のために励めと告げた伊豆守の穏やかな顔を思い出した信平は、歩みながら目をつむり、感謝した。

善衛門は、信平に歩み寄り、近くに人がいないのを確かめて声音《こわね》を潜《ひそ》めた。

「ところで、伊豆守様のご容態はいかがでございました」

信平は表情を曇らせる。

「以前お会いした時よりも、痩《や》せておられた」

「では、かんばしくないのでござるか」

「分からぬ。痩せておられたが、気力は十分に思えた。早《はよ》う城へ上がりたいともおっしゃったので、快復に向かっておられるとは思う」

「さようですか。それはようございましたな」

「ふむ」

信平がうなずくと、善衛門が訊《き》く。

「そういえば殿、昨日届いた下之郷村の恵観和尚《えかんおしよう》からの文には、なんと書いてござった」

遠慮のない善衛門に、千下頼母が驚いた顔を向けた。

「葉山殿、殿に無礼でございますぞ」

「無礼なものか。恵観和尚は村の様子を書いてよこされたのだ。用人《ようにん》のわしとて知りたいと思うのは当然じゃ」

「家来になっておられぬのに、自ら用人と申されますか」

頼母が遠慮なく痛いところを突くので、善衛門が口をむにむにとやった。

「何を偉そうに」

「事実を申したまで」

至極冷静な態度の頼母が頭を下げたので、善衛門は、振り上げた拳《こぶし》のやり場がなくなった体《てい》で、悔しげな顔をした。

「善衛門、頼りにしているぞ」

信平が気持ちを伝えると、善衛門が嬉《うれ》しげな顔でうなずき、どうだ、という顔で頼母の肩をたたいた。

信平は歩みを進めながら、恵観和尚が書いてよこしたことを二人に教えた。

「恵観和尚は、村人たちが麿《まろ》のために良い米を作ると申して、張り切っている様子を教えてくれたのじゃ。鬼雅に焼かれた家々も、にわか作りではあるが再建を終え、村人に笑みが戻りつつあるそうじゃ」

善衛門が明るい顔をした。

「それはようございましたな。今から秋が楽しみになりましたぞ」

頼母もうなずき、信平の前に出て足を止めた。

信平が立ち止まり、どうしたのかという顔で見ると、頼母は頭を下げた。

「このたび、勘定方《かんじようかた》のお役目を仰せつかったそれがしも、恵観和尚の知らせは嬉しゅうございます。ですが、米作りは天気次第。夏に何があるか分かりませぬので、凶作に備えて、日頃から気を引き締めておかねばなりませぬ」

「ふむ」

これまで金銭のことは善衛門にまかせきりだった信平は、厳しい顔で告げる頼母に、相槌《あいづち》を打つだけである。

そんな信平に、頼母が詰め寄る。

「殿」

「ふむ？」

「殿は将軍家縁者の御家柄。それに見合う体裁《ていさい》を整えるためにも、領地から上がる年貢は大事。勘定方を預かりましたからには、それがし、米一粒、金子《きんす》は一銭たりとも無駄にせぬよう、お役目に励みまする」

頼母の張り切りように、信平は応じる。

「よろしく頼む」

「はは」

頭を下げる頼母に、善衛門が口にする。

「頼母、張り切るのは良いが、厳《きび》しゅうしすぎぬようにいたせ。物事には、頃合いというものがある。米一粒、金子一銭たりとも無駄にせぬように、と申すが、庭にこぼれた米は鳥がついばみに来て、殿や奥方様の目を楽しませてくれる。銭は、使わずに貯《た》め込むばかりでは、家の気が滞《とどこお》ってしまう。程よく使わねば、入ってこぬと心得よ」

頼母は声を尖《とが》らせる。

「そのようなこと、申されなくとも心得てございます。それがしが申し上げたいのは、贅沢《ぜいたく》のことです。殿と奥方様は、むろん贅沢をされてはおられませぬ。ですが、万が一凶作になれば、殿はまた、年貢をお許しになられましょう。それがしは、その時のための備えのことを申しているのです。今の蓄えでは、今年凶作になりましたら、借財をしなければなりませぬ。それゆえ、日頃の無駄を省き、切り詰めることが肝要と存じまする」

「なんじゃと」

善衛門が驚いた。人に聞かれてはおらぬかとあたりを見回したが、堀端の道は大名屋敷の長い長い白壁が続くのみで、歩む人は遠くに数名見えるだけだ。

善衛門は信平を一瞥《いちべつ》し、頼母に言う。

「わしは、そのようには思わぬ。まだ蓄えはあるはずじゃ！」

「確かにございます。されど、二千四百石の体裁を保つには、少々足りませぬ。と、申しましても、これはあくまで、凶作に陥った時の話でございますゆえ、葉山殿、そう怒られませぬように」

若い頼母に諫《いさ》められて、善衛門は口をむにむにとやった。

「分かっておるわい。わしはただ、いらぬ気苦労を殿におかけするようなことがあってはならぬと思うただけじゃ」

「殿は、このようなことで気苦労をされる器《うつわ》ではございますまい」

頼母が言って信平をちらりと見て、ふっと笑った。

善衛門が見ると、信平はいつの間にか二人から離れて、堀の対岸にある江戸城に咲き誇る桜を眺めていた。

白い狩衣《かりぎぬ》に、鶯色《うぐいすいろ》のこしらえが見事な狐丸《きつねまる》を帯びている信平の立ち姿は、老武士善衛門の目から見ても美しく、顔をほころばせる。

「頼母」

「はい」

「殿に、金の話は似合わぬと思わぬか」

善衛門に言われて、頼母はため息をつく。

「まったくそのとおりでございます」

「御家の財は、我らが守ればよい。この続きは、屋敷でいたそう」

「はは。承知しました」

頼母が納得したので、善衛門は信平に声をかけた。

「殿、帰りましょうぞ」

「ふむ」

振り向いた信平が笑みで応え、赤坂の屋敷へ向かって歩みはじめたのだが、程なく立ち止まった。背後でした人の叫び声に、信平はいち早く気が付いたのだ。

善衛門と頼母が振り向いた時には、信平は二人の前に出て、駆け付けていた。

大名屋敷の漆喰塀《しっくい》が続く道の先で、一人の男を、覆面《ふくめん》をつけた五、六人の曲者《くせもの》が囲んでいる。

堀端に追い詰められた男が、大刀の白刃を前にして手刀を構え、斬りかかった曲者の刃をかわすと振り向いて対峙《たいじ》し、大名屋敷の漆喰塀まですり足で下がる。

その身のこなし方は、見る者が見れば、かなりの遣《つか》い手と分かる。

だが、棒きれひとつ持たない身で、しかも多勢に無勢だ。

大刀の切っ先を向けて迫った二人の曲者が、同時に斬りかかろうとした。

信平は助けに走りながら、狐丸の鞘《さや》から小柄《こづか》を抜き、今まさに刀を振り上げた曲者めがけて投げ打った。

「うっ」

手首に小柄が刺さった曲者が振り向き、駆けて来る信平に目を見張った。

「邪魔が入った。引け、引け引け」

頭目らしき覆面の侍が声をあげるや、曲者どもが信平に目を向けて下がり、刀を納めて走り去った。

大名屋敷の漆喰塀に背中を当てていた男が、ずるずると腰を落として尻餅をついたので、信平が駆け寄る。

襲われたのは、髭面《ひげづら》に禿頭《とくとう》の、年配の男だった。

「斬られたのか」

信平が声をかけると、髭面の男は、大きくて鋭い目で見上げた。

「ふん、いらぬことをしおって」

窮地を救われたにもかかわらず、開口一番がこれである。

そんな態度の男に、信平は、ふっと笑みを浮かべる。

「どうやら、怪我《けが》はないようじゃ」

安堵《あんど》した信平が去ろうとしたところへ、善衛門と頼母が追い付いて来た。

「大事ないようじゃ」

信平に善衛門がうなずき、塀に背中を預けて座っている男を見て口にする。

「城がすぐそこに見える場所で襲うとは、恐れを知らぬ輩《やから》でござるな」

「ここは、人気《ひとけ》が少ないゆえであろう」

信平が告げた時、頼母が声をあげた。

「達磨先生ではございませぬか！」

頼母だと分かったのか、達磨先生と呼ばれた男が、一瞬目を見張り、すぐに顔を背けた。

「先生、わたしです、千下頼母でございます」

すると達磨先生は、ばつが悪そうに応じた。

「お、おお、誰かと思えば頼母か。いやいや、このようなところで会うとは珍しい。

さて、わしは行かねばならぬゆえ、これにてごめん」

立ち上がって、埃《ほこり》も払わずに去ろうとする達磨先生の前に、頼母が立ちはだかった。

「お待ちください先生。これは尋常ではございませぬ。何があったのです。襲ったのは何者ですか」

「知らん。ただの物取りであろう。まったく、けしからぬごろつきどもだ」

達磨先生は不機嫌にそう吐き捨てると、頼母をどかして歩みだした。

赤坂御門のほうへ向かう姿を、頼母が心配そうに見ている。

信平は、そんな頼母を見て、横に並んだ。

「知り合いの者か」

「はい。子供の頃、学問を習っていました」

「さようか」

「殿、わたしには物取りのようには思えません。先生は、何か隠しておられるご様子」

「気になるか」

信平が見ると、頼母が真顔でうなずいた。

「ならば、送ってさしあげるがよい」

「はは」

許しを得た頼母は、達磨先生を追った。

「我らも帰ろう」

信平が言い、善衛門と共に帰途につく。

後ろから来る頼母に気が付いた達磨先生が、振り向いて伝える。

「頼母、付いて来るでない」

「わたしも帰り道でございますので、送って行きます」

「嘘《うそ》を申すな。お前の家は駿河台《するがだい》ではないか」

「今は、赤坂に暮らしております」

頼母は、信平に仕えていると言おうとしたのだが、達磨先生は鼻息を荒くして先を急ぎ、赤坂御門に向かう辻《つじ》を左に曲がらず、近江彦根《おうみひこね》藩の上屋敷《かみやしき》のほうへ行ってしまった。

「先生、赤坂御門はこちらです」

頼母が声をかけたが、達磨先生は振り向きもせず、

「付いて来るでない」

と言って、足早に去った。

心配そうに見ている頼母に追い付いた善衛門が、横に並んで気持ちを口にする。

「偏屈《へんくつ》な爺《じい》さんじゃな。殿に助けられておきながら、礼のひとつも言わぬとは無礼千万。何者なのじゃ」

ちらりと善衛門を見た頼母は、偏屈者と言われたのが気に入らないのか、不愉快そうな顔をして何も言わず、信平に従って歩んだ。

以後、ひと言もしゃべらなくなった頼母を連れて、信平は赤坂御門を潜《くぐ》り、町中を通って屋敷に帰った。

奥向きへ行くと、侍女の竹島糸《たけしまいと》が迎え、松姫《まつひめ》と福千代《ふくちよ》は月見台に出て春の陽射《ひざ》しを浴びていると言うので、信平は廊下を歩んで二人のもとへ行った。

緋毛氈《ひもうせん》を敷き、赤い傘を立てた月見台で、松姫は福千代を抱いてあやしている。

月見台に渡る信平の足音に気付いた松姫が振り向き、優しい笑みを浮かべる。

「お帰りなさいませ」

「ふむ」

松姫が福千代を差し出すのを受け取った信平が顔の高さまで上げて向き合うと、じっと顔を見てきた福千代が、にこりと笑った。

福千代を抱いた信平は、松姫と笑みを交わして、緋毛氈に座った。

福千代がすぐにぐずるので、信平は立ち上がり、欄干《らんかん》のそばに寄って池を見せてやる。

落ちないよう福千代の背中に手を添える松姫に、ふと思いついて告げた。

「牡丹《ぼたん》の花が咲く季節になれば、福千代を連れて外出《そとで》をいたさぬか」

「はい」

松姫が、嬉しそうな顔でうなずく。

「行きたいところはあるか」

「旦那様に、おまかせいたします」

「では、山王権現《さんのうごんげん》に参詣《さんけい》いたそう」

「楽しみができました」

笑顔で応じた松姫が、福千代を受け取って膝に座らせ、隣に座りなおす信平に顔を向ける。

「もうひとつ、まいりたいところがございます」

「ふむ。どこじゃ」

「お許しいただけますなら、本理院《ほんりいん》様にこの子を見ていただきとうございます」

「本理院様に？」

信平は、なるほど、と、納得した。姉、本理院に福千代が生まれたことは知らせてあるが、まだ顔を見てもらっていなかった。

本理院には、信平が松姫とまともに会うのが叶《かな》わぬ時に、二人を密《ひそ》かに吹上《ふきあげ》の屋敷へ招いてくれるなど、いろいろと世話になっている。

松姫も、本理院に福千代を見てもらいたいとかねてより言っていたので、外出をする日を待っていたのだろう。

信平は、松姫の手をにぎった。

「では、本理院様にその旨《むね》伝えておこう。きっと、お喜びになる」

「わたくしも、お目にかかるのが楽しみでございます」

信平は、笑顔でうなずく。

月見台へ渡る廊下に頼母が片膝をつき、信平に頭を下げたのは、その時だ。

「殿、お話ししたき儀がございます」

神妙な顔をしているのを見た信平は、松姫と福千代を残して月見台から戻り、自室に入った。

二

信平が向き合って座し問うと、正座した頼母は居住まいを正して口を開く。

「月山典檀殿《つきやまてんだん》のことが、気になります」

「先ほどの、達磨先生か」

信平が推測して訊くと、頼母がうなずいた。

「典檀殿は、姿が達磨大師に似ておられますので、教え子から親しみを込めてそう呼ばれていますが、元は、武士でございます」

「やはりそうか」

曲者を相手にする典檀の姿を見て、信平は見抜いていたのだ。

頼母が伝えるには、月山典檀は備中成井藩《びっちゅうなりいはん》の江戸家老を務めた男で、十年前に隠居し、世継ぎがいなかったので藩に俸禄《ほうろく》を返上して江戸市中へ出ると、赤坂に私塾を開いた。

「いかがした」

初めは、赤坂に暮らす貧しい御家人の子供たちに無償で教えていたのだが、典檀のことはすぐに評判となり、小さな塾は手狭となった。教え子たちが、達磨、達磨と呼ぶようになり、いつしか塾は、だるま堂と呼ばれるようになったのだ。

典檀が教える学問も優れたものであったため、旗本や御家人から支援を得られるようになり、噂《うわさ》を聞いた頼母の父頼定《よりさだ》は、

「是非とも、我が倅《せがれ》たちに御教授を賜《たまわ》りたい」

と、頭を下げに行き、駿河台の屋敷に招いたという。

以来頼母は、兄頼正《よりまさ》と共に五年ほど、典檀から学んでいたのだ。

典檀の素性《すじょう》を明かした頼母は、ひとつため息をついた。

「お会いしたのは三年ぶりでございましたが、ずいぶん歳《とし》を取っておられました。妙な輩に命を狙われていたご様子ですし、何か、よからぬことに巻き込まれておられるのではないかと」

「それで、そなたはどうしたいのだ」

信平が問うと、頼母は両手をついた。

「役目に励むと申し上げたばかりで心苦しいのですが、しばしお暇《いとま》をいただきとうございます。典檀殿のもとへ行くお許しを願いまする」

「ふむ。そうするがよい」

信平はあっさり許した。恩師を案ずる頼母の温情を知り、やはり頼母を家来にして良かったと思う。

頼母が頭を下げる。

「ありがとうございます。様子を見ましたら、すぐに戻ります」

「役目のことは善衛門がおるゆえ案ずるな。気がすむまで、恩師の力になるがよい。もしもよからぬことに巻き込まれているようなら、麿も力になろう」

下之郷村で信平の活躍を見ている頼母にとって、これほど心強いことはないはずだが、胸のうちを顔に出さぬ。

「かたじけのうございます」

頼母はそう言うと深々と頭を下げ、恩師のもとへ駆け付けた。

頼母が赤坂新町《しんまち》にあるだるま堂に着いたのは、日暮れ時だった。

旗本住吉家《すみよしけ》の当主伊周《これちか》の厚意で借りている建物の敷地《しきち》は広く、およそ三百坪はある。以前は別邸だったということもあり、庭の造りも凝《こ》っていて、座敷《ざしき》をめぐる廊下の濡《ぬ》れ縁《えん》の下にある池は、堀川の水を引き入れ、自然の段差を活《い》かして二つに分けてあり、水が落ちる音が風情《ふぜい》となっている。

苔《こけ》が美しく、庭木もみずみずしい。

見ているだけでこころが和《なご》む、見事な庭だ。

塾の下男に案内された八畳の部屋に正座している頼母は、ふと、気配に気付いて顔を向けた。すると、離れ屋の二階の窓から庭を眺めている女がいる。女は頼母に気付いていないらしく、松の木に止まってさえずる小鳥を、穏やかな表情で眺めている。

典檀に娘はいない。

何者だろう、と思いながら頼母が見ていると、女は誰かに呼ばれたのか、部屋の中に顔を向けて、窓辺から離れた。

頼母はさして気にせず、目線を庭に戻して目を閉じ、水の音を楽しみながら、典檀が学問を教える声を懐かしく思いつつ、終わるのを待った。

教えを乞う者は多い。

部屋からあふれた者は、廊下に座ってまで、懸命に学んでいる。

今の時間は、旗本か御家人の倅と思《おぼ》しき若者がほとんどで、典檀の声にも熱が入っていた。しきりに聞こえるのは、天下泰平を保つためには、私欲を捨て、天下万民のために尽くせという教えだ。

世間では綺麗《きれい》ごとだと笑う者がいるだろうが、今の時勢は、私欲に走り、悪事に手を染める旗本や御家人があとを絶たない。また大名家も、幕閣に名を連ねるために多額の賄賂《わいろ》を必要とし、それに充《あ》てる金を捻出《ねんしゅつ》する手段として、裏で悪事を働く者がいるのだ。

典檀は、武家社会においては、私欲こそが天下泰平の敵だと説《と》いている。万民の手本となるべく武士は清くなければならないというのが、典檀の信念でもある。

頼母は、幼い頃からその精神をたたき込まれている。ゆえに、信平の清さが胸に染み、仕えたいと思ったのだ。

講義が終わったらしく、部屋の外がにわかに騒がしくなった。

廊下を歩む門人たちの足音と雑談の声が去り、家の中が静かになって程なく、頼母がいる部屋に典檀が現れた。

でっぷりとした典檀は、禿頭に太い眉。顎《あご》には髭をたくわえ、人を睨《にら》みつけるような大きな目をしており、ここから程近いところにある達磨寺の本尊そっくりなのだ。

少々歳を取っているが、昔と変わらぬ様子に、頼母は改めて、達磨だと思うのである。

だが、決して顔に出さぬ頼母は、真顔で頭を下げた。

「先生、突然押しかけ、申しわけございませぬ」

「…………」

典檀は何も言わず、険《けわ》しい顔で頼母の前に座った。昔の教え子をじっと見つめていたが、頼母が顔を上げるなり、ふっと、表情を崩す。

「頼母、わしを案じて来てくれたのか」

「はい」

頼母は、膝を進めて切り出す。

「昼間の輩、物取りとはとうてい思えませぬ。先生、命を狙われているのですか」

典檀は即答せず、禿頭をなでながら長い息を吐いた。

「襲われた時は、さすがに死を覚悟した。わしを助けてくれた若者のおかげで、命拾いをしたぞ。それにしても、あの若者、ただならぬ雰囲気を醸し出しておる。狩衣を着ておったが、いったい何者なのだ」

「鷹司松平家当主、信平様にございます」

「なんと」

典檀は、信平の身分を知っているらしく、目を見開いた。

「あのお方が、信平様であったか」

「はい」

「先の大火の折には、私財を投げ打ち、民のために尽くされたお方。まさに、わしが理想とするお方じゃ。頼母、おぬし、良き御仁と知り合いであるな」

「知り合いでなく、わたしの主人でございます」

「なんじゃと！　ではおぬし、旗本ではのうなったのか」

「はい。上様から御縁を頂戴し、仕えさせていただいております」

「なるほど。あの御仁であれば、仕えたいと思うおぬしの気持ちも分かる」

頼母はうなずき、話を戻す。

「先生、何か厄介《やっかい》ごとに巻き込まれておられるのですか」

するど典檀が、難しい顔をして目をそらした。

「その話はもうよい」

「しかし、どう見ても物取りではございませぬ。よろしければ、この頼母にお話しください」

「話して、どうなる」

「お力になりとうございます。信平様も、そうおっしゃっておられます」

典檀が目を見張る。

「何、信平様が……」

「はい。信平様はこれまで、多くの事件を解決してこられたお方。きっと、先生の強い味方になってくださいます」

「わしが、悪事に手を染めていたとしてもか」

典檀が厳しい顔で言うので、頼母は息を呑《の》んだ。

「ま、まさか、先生に限ってそのようなこと」

典檀が鋭い目を向ける。

「頼母、何も知らぬくせに軽弾みなことを申してはならぬ。力になるなどという言葉は、相手のことをよく確かめてから申せ。わしは確かにおぬしに学問を教えた者だが、普段何をして暮らしておるか、知ってはおるまい」

「先生、見くびってもらっては困ります。わたしは、人を見る目があると自負しております。先生が悪に手を染めておられるなら、目を見れば分かります」

頼母が真《ま》っ直《す》ぐな目を向けると、典檀も見返していたが、程なく、ふふ、と笑った。

「相変わらず、堅物《かたぶつ》よの」

「先生、わたしにお力にならせてください。先生の周りで何が起きているのです」

「話したところで、おぬしにはどうにもできぬことじゃ」

典檀がそう言った時、廊下に人が座った。先ほど、二階から庭を眺めていた女だった。

「帰るのか」

典檀が先に問うと、女がはいと答えて頭を下げた。

典檀が難しい顔で伝える。

「夜道になる。今宵《こよい》は泊まりなさい」

「いえ、夫が戻る頃でございますので、おいとまします」

「ろくに話ができず、すまんな」

「いえ」

女が寂しそうな顔をしたので、頼母は恐縮した。

「わたしが邪魔をしました。申しわけない」

すると女が頼母を見て、首を横に振る。

典檀が気持ちを口にする。

「久美代《くみよ》、よう知らせてくれた。わしもいろいろ調べてみるゆえ、浅村《あさむら》には、早まった真似《まね》をせぬよう伝えなさい」

「はい。では、失礼いたします」

「待ちなさい。やはり供の侍女一人では、道中が気になる。この者に送らせよう。頼母、わしの可愛《かわい》い姪《めい》を成井藩の上屋敷まで送ってやってくれ」

頼母は驚いた。

「先生」

「わしは大丈夫だ。頼んだぞ」

恩師の言うことを聞けと言わんばかりの目を向けられて、頼母はしぶしぶ応じた。

恐縮する久美代を送って行く道中で、久美代が典檀の亡くなった奥方の兄の娘だと知り、頼母は納得した。

「先生は、奥方様と仲睦《なかむつ》まじゅうございましたから、久美代殿が可愛くて仕方ないのですね」

久美代は微笑《ほほえ》むだけで、口数少なく歩みを進める。辻を曲がり、表に出て見送っている典檀が見えなくなると、立ち止まった。

「申しわけございません。もうここで、よろしゅうございます」

表情には、申しわけないというより、迷惑そうな色が浮かんでいる。

だが頼母は、典檀が送れと言ったのは、曲者が襲い来る恐れがあるからではないかと推測した。

「帰り道ですから、遠慮は無用です。さ、行きましょう」

成井藩主、山水甲斐守《やまみずかいのかみ》の上屋敷は、愛宕下大名小路《あたごしただいみょうこうじ》に面した場所にある。頼母にとっては帰り道ではなかったが、そうでも言わないと久美代が迷惑がると思い、頼母は気を遣った。

人に気を遣うなど自分らしくない。と、頼母は思い、これも信平の影響だと、苦笑いを浮かべた。

愛宕下の藩邸に到着した時には、すっかり日が暮れていた。

侍女が照らすちょうちんの明かりを頼りに歩んでいた久美代が、藩邸の裏門から入ると言うので、頼母はそこまで送った。これまでは、典檀が案じた曲者につけられている気配もなく、無事に送り届けることができた。

裏門は閉ざされていたが、久美代が門番に名を告げると開けてくれたので、頼母は役目を終えた。

久美代が頭を下げ、礼を告げた。

頼母は軽く頭を下げて応じ、きびすを返した。すると、裏門の敷石《しきいし》と道の境目のところに紋付袴《もんつきはかま》姿の藩士が三人ほど立ち、じっとこちらを見ている。

頼母はその者たちの表情を見て、警戒の目を向けた。

三人のうちの一人が歩み出た。きりりとした目をした三十代の男は、頼母を一瞥し、久美代に目を向けた。

「久美代、こちらのお方は」

すると久美代が歩み寄り、小声で伝える。

「典檀様の教え子の方です。典檀様のお言いつけで、送ってくださいました」

「そうか」

と、納得した男が、頼母に向きなおり、頭を下げた。

「浅村でござる。妻が世話になりました」

礼儀正しい浅村に好印象を抱いた頼母は、無言で目礼《もくれい》をすると、その場を立ち去った。

二人の藩士が軽く頭を下げたので、頼母は顎を引き、道へ出た。二人のうちの一人が、鋭い目を向けたのだが、頼母はそのことに気付かず、赤坂に帰ったのである。

三

久美代と共に、藩邸内にある勘定方の組屋敷に帰った浅村は、下女に食事の支度を急がせ、着替えるために自室へ入った。

ふと、下男のことを思った浅村が、着替えの手伝いをしている久美代に訊いた。

「源助《げんすけ》が迎えに出なかったが、出かけたのか」

すると久美代が、浅村が脱いだ袴を畳みながら答える。

「源助のことですから、お酒を飲みに出たのでしょう」

「そうか」

文机《ふづくえ》の上に、お役目に通う時に使う黒漆《くろうるし》塗《ぬ》りの手箱が置いてあるのを見た浅村が、嘆息を漏らした。源助は、先に持って帰らせた浅村の荷物を置きっぱなしにして、出かけたのだ。

「まったく、しょうがない奴《やつ》だ」

浅村は神妙な顔をして、久美代に訊く。

「ところで、典檀様はなんと申された」

「調べるゆえ、早まらぬようにとおっしゃいました」

「それだけか。藩に戻るとは言われなかったか」

「はい」

浅村は顔をしかめた。

「藩邸の外にいて、何ができようか」

悔しがる浅村を見て、久美代は躊躇《ためら》いがちに気持ちを口にする。

「旦那様、どうか、無理をなさらないでください」

案ずる妻に、浅村が優しい笑みを浮かべる。

「分かっている。心配するな」

「典檀様は、きっと証《あかし》を見つけてくださいます」

「うむ。そう信じて、待つことにいたそう。明日も早い。食事をすませたら横になる。今宵は酒を飲みたい」

「承知しました」

久美代は着替えの手伝いを終えると、台所に行った。

一人になると、浅村は刀箪笥《かたなだんす》を開け、家伝の一振りを出し、鯉口《こいぐち》を切って抜刀した。

白刃を目の前にかざし、美しい刃文を眺める。その顔には、覚悟が込められていた。

厳しい顔で鞘に納めた浅村は、久美代が刀掛けに置いていた普段使いの刀と入れ替えて置き、居間に出た。

典檀が戻らぬなら、家伝の刀を使う時が来る。

そう思った浅村は、妻が出してくれた酒を飲みながら、今後のことを考えていた。

藩の財政は厳しく、毎日金策に走り回り、商人に頭を下げるばかりなのだが、このままでは、年貢の割合を上げるという江戸家老の思惑どおりになってしまう。

国許《くにもと》の百姓たちが苦しむ姿を想像した浅村は、一刻も早く江戸家老の不正を暴き、家老の座から引きずり下ろさなければならぬと思った。

下女と共に夕餉《ゆうげ》の支度を調えた久美代が、膳を持って来た。

浅村は、置かれた膳から箸《はし》を取り、芋《いも》の煮物を食べようとしたのだが、にわかに表が騒がしくなった。

「何ごとだ」

浅村が言い、箸を置いて立ち上がった。様子を見るため表に行こうとすると、人が、どたどたと足音を響かせて上がってきた。草鞋《わらじ》を履いたまま上がった者たちに、浅村が鋭い目を向ける。

相手は、浅村が見知った顔の目付役《めつけやく》だ。

「寺沢《てらさわ》殿、無礼であろう」

浅村が不快をあらわに声を尖らせると、陣笠《じんがさ》をつけている寺沢が、馬の鞭《むち》を突きつけて言う。

「浅村、おぬし、藩の公金を着服しておろう」

突然のことに、浅村は目を見張った。

「何をわけの分からぬことを言うておる」

「先ほど、おぬしが着服した金を隠しているという知らせがあった。これより家の中を検めるゆえ、そこを動くでない。おい、家の者を一人残らず連れてまいれ」

命じられた配下の者が、侍女と下女と久美代を居間に連れて来て、座らせた。

「旦那様」

案じる久美代に、浅村が伝える。

「何かの間違いだ。金など取っておらぬのだから、何も出はせぬ」

怯《おび》える下女を久美代のそばに座らせた浅村は、寺沢に問う。

「金はいくらなくなったのだ」

「二十五両だ。樫田照治《かしだてるじ》が、どうしても合わぬと騒いでおるぞ」

「樫田が！」

樫田は浅村が信頼する勘定方の配下だ。

「そんな馬鹿な、あり得ぬ！」

浅村が、信じられぬという顔で寺沢を見ると、寺沢は、愚か者を見くだす目を向けていた。

「貴様、一日の役目も果たさずにどこへ行っておったのだ」

「そ、それは……」

志をひとつにする仲間と藩邸の外で集《つど》い、江戸家老の不正を暴く話し合いをしていた浅村は、口籠もった。幼い頃から知っている仲だが、敵か味方かはっきりしない寺沢には、言えるはずもない。

「わしに言えぬようなことをしておったのだな」

探る目を向ける寺沢を見た浅村が、察してくれ、という面持ちをして黙っている。

寺沢は、何か言おうとしたのだが、廊下から入ってきた配下が近づく。

耳元でささやかれた寺沢が顎を引き、隣の浅村の自室に入った。そして、別の配下が渡した手箱を開け、表情を曇らせた。

手箱は、浅村がお役目に持って通う黒漆塗りの箱で、下男の源助が置いて出かけたものだ。

「浅村、これは何だ」

寺沢が、開けた手箱を見せた。中に、小判の包みがひとつ入っている。厚みからして、二十五両の包みに違いなかった。

そのような金が勘定方を出る時に入っていれば、気付かぬ浅村ではない。源助に預けたあとで、誰かが入れたのだ。

「知らん。これは罠《わな》だ。誰かが入れたに違いない」

そう訴えた浅村は、源助の身を案じた。

「下男が誰かに脅されてしたことかもしれぬ。姿がないのだ。捜させてくれ」

すると寺沢が詰め寄り、胸ぐらをつかみ上げた。

「たとえそうだとしても、これは動かぬ証だ。油断しおって、この愚か者が！」

言われて、浅村は驚いた。

「寺沢殿、お味方してくださるなら、見逃していただけぬか。これは罠なのだ。源助に聞けば分かる」

「それはできぬ」

寺沢が言った時、

「何を見逃せと申しておるのだ」

廊下で声がした。

目を向けた浅村が、瞼《まぶた》を見開く。

勝ち誇った笑みを浮かべていたのは、江戸家老、駒井左内《こまいさない》の家来で、浅村を敵視している下田《しもだ》だった。

浅村は、下田を睨んだ。

「貴様、源助をどうしたのだ。どこへ連れて行った」

「そう言うだろうと思うて、連れ戻しておる。おい」

下田が配下に命じると、源助が連れて来られた。怯えた顔をしている中年の源助が、浅村に助けを求める顔をした。

「旦那様、何があったのでございますか」

「それはわたしが訊きたい。源助、預けた手箱に金を入れたのは誰だ」

「なんのことでございましょう」

「小判だ。二十五両を入れた者がおろう。正直に申せ」

「金など、誰も入れておりませぬし、預かりもしておりません。手箱は旦那様にお預かりしたまま、抱えて持って帰りました」

「何！」

浅村は愕然《がくぜん》とした。二十五両も入っていれば、必ず分かるからだ。

「嘘を申すな！」

浅村は怒鳴りつけた。

「嘘ではございませぬ」

源助が、怯え切って身をかがめて口にするのを見て、下田が浅村に言う。

「罪を下男になすりつけるとは見苦しいぞ、浅村」

「黙れ。なすりつけてなどおらぬ。これは貴様が仕組んだ罠であろう」

下田が鼻で笑った。

「馬鹿な。そのようなことをするはずなかろう。だいいち、貴殿の手箱にどうやって金を入れると言うのだ」

「そ、それは……」

浅村は言葉に窮し、源助を見た。

源助は目を合わせようとしない。

下田が寺沢の手から箱を取り、浅村に見せて、ここぞとばかりに責め立てる。

「こうして動かぬ証があるのだ。もはや、弁解の余地はないぞ。寺沢殿、何をしておられる。さっさと捕らえなさい」

寺沢は、口を真一文字に引き結んで浅村に歩み寄る。

「浅村、ここは大人しゅう従え。潔白《けっぱく》なれば、必ず疑いは晴れる」

浅村は言い返した。

「寺沢殿、これは罠だ。分からぬのか」

「こうして金が出たからには、わしにはどうにもできぬ」

「くそ！」

浅村は悔しがり、下田を睨んだ。

下田は勝ち誇った顔を久美代に向ける。

「浅村、手向かえば妻に累《るい》が及ぶことになるぞ」

そう言って、下田が浅村に目を向け、ほくそ笑む。

久美代のことを想《おも》いやる浅村は、立ち向かう気が失《う》せた。大人しく両手を出したが、寺沢は縄をかけなかった。

連れて行かれる時、浅村は久美代に顔を向け、笑みを見せて告げる。

「案ずるな。すぐに戻る」

「旦那様」

追いすがる久美代であったが、役人に行く手を遮《さえぎ》られ、どうすることもできなかった。

浅村が表に連れ出されたあと、組屋敷の木戸門は竹矢来《たけやらい》が掛けられて閉門されてしまい、久美代は、連れて行かれる浅村を見送ることさえもできなかった。悲愴《ひそう》な面持ちで家に入った久美代は、源助を問い質《ただ》そうとしたのだが、どこを捜しても姿がなかった。

この時源助は、密かに組屋敷を抜け出し、藩邸からも姿を消していた。主人を裏切り、務めを捨てた源助は、重い胴《どう》巻《ま》きを触って、したり顔で微笑み、品川《しながわ》の旅籠《はたご》に向かっていたのだ。

「これだけあれば、上方《かみがた》で当分遊んで暮らせる」

そう言って歩んでいると、辻灯籠《つじどうろう》の明かりがふっと消えた。同時に、人影が道に歩み出た。

立ち止まった源助が、警戒の目を向ける。

「源助、どこへ行く」

聞き覚えのある声に、源助は安堵の息を吐いた。

「樫田様、脅かさないでくださいよ。たっぷり礼をいただきましたので、上方にでも行こうかと思いまして」

「二十五両のこと、誰にも覚《さと》られておるまいな」

「へい。先ほど、旦那様は捕らえられましてございます」

「さようか。上方へ行くと申したが、もっと良いところがあるぞ」

誘われて、源助が明るい顔をする。

「そいつはどこです？」

「行けば分かる」

樫田は、そう言った刹那《せつな》に抜刀して、源助の胴を払った。

「うお」

呻《うめ》いた源助の胴巻きから、小判が音をたてて落ちた。

「な、何を――」

声を出そうとした時に喉《のど》を一閃《いっせん》された源助は、両手で喉を押さえて両膝をつき、うつ伏せに倒れた。

ぴくりとも動かなくなった源助を見下ろした樫田が、渋い顔をする。

「先に地獄へ行って待っていろ。すぐに、浅村も送ってやる」

刀身の血振るいをして鞘に滑り込ませた樫田は、闇夜に姿を消した。

この時、浅村の組屋敷では、久美代が自室に入り、箪笥から着物を出して着替えていた。

襟《えり》に縫い込んでいる書状の膨《ふく》らみを確かめると、台所に出た。板の間に座り、戸惑う顔をしている侍女と下女の前に座った久美代は、手を取り、金子を渡した。

「これを持って、実家へ帰っていなさい。旦那様の疑いが晴れましたら、必ず声をかけますから、その時は、また戻ってくれますね」

侍女と下女は、目に涙をためて承知した。

「わたくしはこれから出かけます。お前たちは、明日の朝発《た》ちなさい。いいですね」

「はい」

久美代は若い下女の手をさすり、家を出た。

浅村を捕らえ、牢《ろう》に入れたという知らせを受けた江戸家老の駒井左内は、

「ご苦労」

配下に上機嫌で言い、そばに座っている中年の商人に顔を向けた。

ここは、新橋《しんばし》に近い場所にある料理茶屋の一室。備中成井藩五万石を食い漁《あさ》る悪党どもが雁首《がんくび》を揃《そろ》えて、悪だくみの話をしているのだ。

駒井が商人に不満を漏らす。

「目の前の蠅《はえ》は捕らえたが、小うるさいのがもう一人いる。しくじらなんだら、今頃

は左うちわだったものを」

典檀の首を取りそこねたことを責められ、若い配下たちは、駒井を恐れてうな垂れている。

聞いていた中年の商人が、でっぷりとした顎の肉を震わせて笑い、駒井を諫める。

「まあまあ、御家老、そう怒られますな。藩の米を横流ししている証は、誰の手にも渡っていないのですから、隠居して藩を去り、達磨先生などと呼ばれて喜んでいる者を殺さずともよろしいでしょう」

駒井がじろりと睨む。

「その油断が命取りぞ。捕らえた浅村はいかようにもできるが、その浅村が、月山典檀を頼っているのは分かっておるのだ。我らの不正を疑うならば、典檀は必ず動く。その前に息の根を止めねば、枕を高くして寝られん。備中屋、米を横流しした裏帳簿は、いかがしておる」

「ご安心を。我が家は手練《てだれ》の者たちに守らせておりますので、鼠《ねずみ》一匹入る隙はございません。どうしても達磨先生を葬《ほうむ》りたいとおっしゃいますなら、私の飼い犬を何人かお貸ししましょう。人を殺すことなどなんとも思わぬ者ばかりですので、抜かりなく始末してくれましょう」

「よし、ではお前にまかせる。よいか、必ず典檀を殺せ。浅村を捕らえた今、典檀さえ始末すれば、恐れる者は誰もいなくなる。そうなれば、我らの思うままぞ」

「では、年貢を一割増すというのは」

備中屋が探るような顔をするのを見て、駒井が顎を引く。

「邪魔さえなければ、今年から上げられる。その分は、すべて我らのものよ。あとは、殿を隠居に追い込み、若君を藩主にするのみ。さすれば、藩はわしのものも同然。百姓どもから吸い取れるだけ吸い取ってやる」

「それは、楽しみでございます」

備中屋が、くつくつと笑い、手を打ち鳴らした。

同時に、廊下の障子が開けられて、控えていた芸者たちが入ってきた。

同時に、膳を持った仲居たちも入り、駒井の前に豪勢な料理が並べられる。

「駒井様、あとのことはこの備中屋与左衛門《よざえもん》におまかせください。今宵は、前祝いといきましょう。ささ、おひとつどうぞ」

「うむ。頼むぞ、備中屋」

駒井は酌《しやく》を受け、上機嫌で酒を口に運んだ。

駒井を芸者衆と遊ばせておき、芝口《しばぐち》の店に帰った与左衛門は、用心棒たちが詰める部屋に顔を出し、小判十枚を投げ渡した。

「先生方、出番でございますよ」

与左衛門が、駒井に対するのとは別人のように厳しい口調で伝えると、人相の悪い浪人たちが鋭い目を向けた。

「誰を斬るのだ」

「赤坂の達磨でございますよ」

「駒井家老の配下がやりそこねたあのじじいか」

与左衛門が目を細める。

「腕の見せどころですぞ」

「ふん、朝飯前だ」

頭目格の浪人が、四人の仲間に一両ずつ小判を渡し、残りを懐《ふところ》に入れて立ち上がった。

「だるま堂の場所はお分かりかい」

与左衛門が、睨むような目つきで問う。

用心棒の頭目は分かると答え、仲間を従えて出かけた。

四

「おい頼母、おぬしはしつこいのう」

酒に酔い、真っ赤な顔をしてからむ典檀に、頼母は顔色ひとつ変えずに言う。

「命を狙われている恩師を放っておいて何かございましたら、武士たるわたしの一分《いちぶん》が立ちませぬので、どうかお気になさらず」

「そのように難しい顔でおられては、気になるわい。お前も飲め」

「では、頂戴いたします」

姿勢正しく頭を下げた頼母が、典檀の盃《さかずき》を受け取り、注がれた酒を一口含んだあと、一気に干した。

典檀が二度見する。

「なかなか良い飲みっぷりではないか。おぬし、堅物に見せかけておいて、実はくだけておるのではないか」

「ご冗談を」

頼母は笑いもせず、返盃《へんぱい》をした。

典檀が盃を押し返す。

「まあ飲め。わしはお前の師じゃ。難しい顔をゆるめて酒に酔い、己をさらけ出してみよ」

「わたしは生まれながらにこの顔でございます」

「そうであったかのう」

幼い頃は可愛らしかったと言われて、頼母は不快そうな顔をした。典檀から酌を受け、ふたたび一息に干す。

返盃をしようとした頼母は、庭に入る人の気配に気付いて顔を向けた。

典檀も察したらしく、立ち上がって廊下に行く。すると、濡れ縁に久美代が近づき、神妙な顔で頭を下げた。

顔つきで察した典檀が問う。

「浅村に何かあったのか」

「罠にかけられ、捕らえられました。何とぞ、夫をお助けください」

「まあ上がれ。話を聞こう」

久美代は応じて、座敷に上がった。頼母がいたので戸惑う顔をしたのだが、

「この者なら大丈夫だ」

典檀が告げると、久美代は安堵した面持ちで頼母に頭を下げた。

「座りなさい」

促す典檀に従った久美代は、二人に背を向けて座り、着物の前をはだけさせた。そして、仕付け糸を抜き、襟元に隠していた書状を取り出して着物を正し、典檀に向く。

「夫に何かあった時は、これを典檀様にお渡しするよう言いつけられておりました」

久美代がそう言って差し出した密書を受け取った典檀は、その場で開いた。

目を通すにつれて表情が厳しくなり、読み終えた時には、怒りに震えていた。

「駒井左内め。これがまことであれば、腐りきっておる」

「何が書かれているのです」

頼母が見せてくれと言ったが、典檀は己の懐にねじ込んだ。

「出しゃばるでない。引っ込んでおれ」

不機嫌極まりない典檀に、頼母は暗い面持ちで頭を下げた。

「恩師のお力になれぬとは、情けのうございます」

頼母が、さも残念そうにこぼすと、典檀は驚きの顔を向けた。

「いったいどうしたことじゃ。お前が他人のことに首を突っ込むなど、考えられぬ。

人が変わりおったの、頼母」

「わたしも、己のことながら驚いております」

頼母がしおらしく言うので、典檀は笑った。

「さては、信平様を見倣《みなら》っておるな。そうであろう」

「恩師のお力になりたいのは、わたしの本心でございます」

「ほぉう」

典檀は目を細め、探るような顔をしたが、ふっと、笑みを浮かべた。

「その気持ちだけで十分じゃ。これは成井藩の恥ゆえ、可愛い弟子であろうと教えることはできぬ。分かるな、頼母」

頼母は典檀を見た。内々で収めたいと思う典檀の気持ちが分からぬ頼母ではない。だが、恩師に死なれては困る。

「分かりました。事情は訊きませぬが、お命はお守りしとうございます」

「まだ言うか。お前を巻き込みとうないのだ、帰れ」

「帰りませぬ」

「しつこいぞ、頼母」

「先生こそ、強情だ。命を狙われているのですぞ」

「曲者の二人や三人、討ち取ってくれるわ」

「相手は五人でした」

ああ言えばこう言う頼母に、典檀は呆《あき》れた。

「強情な奴じゃ」

「先生の弟子ですから」

「もうよい。好きにいたせ」

典檀の言葉に、頼母が我が意を得た顔をする。

典檀は、しまったという顔をしたものの、気持ちを変えて久美代に訊く。

「久美代、書状の他に、浅村から預かっているものはないか」

「ございませぬ」

「さようか」

典檀は、ため息をついた。

「この書状だけでは、駒井を失脚させるだけの証にならぬ。米を横流ししている商人は何者なのだ。聞いておらぬか」

久美代は表情を曇らせる。

「聞いておりませぬ」

「ならば、直《じか》に会《お》うて訊くしかない。明日の朝藩邸に行き、なんとしても殿にお会いしてお許しをいただき、わしが浅村に訊こう」

「どうか、よろしくお願い申し上げます」

「案ずるな。必ず助けてやる」

典檀の話を聞いていた頼母は、ふと、庭に人の気配を感じて顔を向けた。覆面の曲者が現れたのは、その時だった。

「先生、久美代殿を」

頼母が言い、刀をにぎって廊下に出た。

「何者だ！」

頼母の問いに、抜刀して応じる曲者。

頼母は刀を抜き、正眼に構えた。

典檀は久美代を連れて裏手へ出ようとしたのだが、別の曲者が現れ、行く手を塞《ふさ》いだ。

「てや！」

曲者がいきなり斬りかかってきた。

典檀は相手の手首を受けて刃を止め、肩から当たって突き飛ばす。

「浪人者か。さては駒井に雇われたな」

典檀が手刀を構える。

三人の曲者どもは、月明かりに刃を光らせながら、じりじりと迫ってくる。

典檀は、干した梅を入れたままにしていた笊《ざる》をつかみ、曲者どもに投げつけた。その隙に久美代を連れて家の中に入り、部屋の暗闇を味方に逃げた。

襖《ふすま》を開けはなち、真っ暗な家の中を逃げる典檀を追おうとした曲者が、

「明かりを持ってこい！」

仲間に命じた。

応じた仲間が、火がついている蠟燭《ろうそく》を手に典檀を追う。

頼母は、逃げた二人を助けるべく、目の前の敵を峰打ちで倒して廊下に駆け上がり、座敷を走った。

典檀は、蠟燭を持って追い付いた曲者どもに振り向き、繰り出された刃をかわして手首をつかみ、ひねり倒した。

刀を奪い、次の曲者の攻撃を受け止めたのだが、三人目の敵が横から斬りかかった。

それを見た久美代が咄嗟《とつさ》にかばい、腕を斬られた。

激痛に苦悶《くもん》の顔をする久美代に、典檀が目を見張る。

「久美代！」

叫ぶや、

「おのれ！」

姪を傷つけた曲者に、典檀が斬りかかる。

だが、一刀を弾き返された。

典檀は、目の前で刀を振り上げる曲者に、目を見開く。

今まさに、斬られそうな典檀を助けるために、頼母が刀を振るった。

「やあ！」

曲者の胴を突いたが、相手は飛びすさった。

鋭い目つきの浪人者は、剣の腕が達者だ。

「先生、お逃げください！」

頼母が叫び、浪人者と対峙《たいじ》する。

覆面をつけた浪人者は、邪魔をする頼母を斬ろうとした。刀を振り上げたその時、目の前で煙玉が弾け、視界が真っ白になった途端《とたん》に、浪人どもが置いていた蠟燭の火が消えた。

暗闇の中で、頼母は強い力で腕を引かれ、外に出た。

頼母たちを助けたのは、忍び装束をつけた鈴蔵《りんぞう》だった。

「鈴蔵殿」

「静かに」

鈴蔵は口を閉じさせると、曲者どもが家から出たのを見て、傷を負っている久美代を軽々と背負った。

「逃げるぞ」

頼母に小声で告げ、裏木戸に走った。

頼母は典檀の腕を引き、だるま堂の裏木戸から出た。先に出ていた鈴蔵を追って、夜道を走る。

敵が追って、だるま堂から出てきた。

「いたぞ!」

叫ぶ声を背中で聞きながら、頼母は鈴蔵を追う。

鈴蔵と頼母は、赤坂の町中を走って商家の裏手に回り、小屋に隠れた。

追って来た曲者どもが、一旦刀を納め、あたりの気配を探っている。

あとから来た仲間が声を張る。

「いたか」

「だめだ。逃げられた」

答えた曲者が、覆面を取った。

障子に空けた穴から外を見ていた典檀が、目の前を駆け去る曲者の顔を見て、眉をひそめた。

「まったく見覚えのない顔だ。奴らは何者なのだ」

独りごちている典檀を見た鈴蔵が、頼母に伝える。

「あとを追う。信平様が、危ない時は屋敷に連れて戻れと仰せだ」

「心得ました」

頼母は、曲者を追う鈴蔵に頭を下げ、久美代に手を貸して立たせ、典檀に言う。

「先生、今のうちに、信平様の屋敷へ行きましょう」

典檀は躊躇った。

「迷惑はかけられぬ」

「久美代殿の出血も酷《ひど》い。さ、お急ぎください」

頼母は、久美代を励まして外に出て、信平の屋敷へ向かった。

典檀は、どうするか迷っていたが、

「こうなっては是非もなし」

と言い、頼母のあとを追って赤坂の町を走り、信平の屋敷へ逃げ込んだ。

五

夜のうちに信平の屋敷に呼ばれた紀州徳川家《きしゆうとくがわ》の奥医師、渋川昆陽《しぶかわこんよう》は、久美代の傷の手当てを終えた。

痛みに苦しむ久美代が落ち着いたのは、朝方近くになってからだった。

それまで目を離さなかった昆陽の診立ては、切られた腕の傷は深いものの、骨と筋には達しておらず、ひと月もすれば、元どおりに動かすことができるらしい。

熱さましを兼ねた痛み止めを置いた昆陽が、信平に告げる。

「せっかくご尊顔を拝しましたので、頭の具合を診ましょう」

すると、善衛門が応じた。

「そうしてくだされ。殿、お部屋に」

「ふむ」

信平は素直に従い、自分の部屋で診てもらった。

念頭流《ねんとうりゅう》の強敵、紫女井《しめい》左京《さきょう》との死闘で負った頭の傷痕は、初めはうずいていたのだが、時が経《た》つにつれて痛まなくなっている。

そのことを信平が告げると、髪の毛を分けて傷痕を診た昆陽が、続いて目を診て、納得したようにうなずく。

「時々でも痛みがあるようでしたら、油断されますな。少しでも目まいがする時があれば、この昆陽にすぐ教えてくだされ」

信平は微笑んで応じ、帰る昆陽を佐吉《さきち》に送らせた。

月山典檀と久美代をゆっくり休ませることにした信平は、夜が明けて、朝餉《あさげ》を終えたあとに、ふたたび面会した。

桜田堀で助けてもらった時には若造と侮《あなど》り、無礼な態度を取ったと詫《わ》びた典檀は、恐縮しきって頭を下げた。

そんな典檀に、信平は口を開く。

「頼母から、おおよそのことは聞いている。命を狙われるは尋常なことではない。何が起きているのか、磨に話してみぬか」

「ありがたきお言葉ではございますが、これは藩の恥でございますれば、どうか、お忘れくださりませ」

「さようか」

それ以上は聞くまいと信平が思っていると、頼母が割って入った。

「お言葉ですが、家老の座を退かれて何年も経っている典檀先生お一人で、何ができるのです。急がねば、捕らえられた浅村殿を救えませぬぞ」

「言われなくとも分かっておる」

典檀は啖呵《たんか》を切ったものの、頼母の言うとおりだと思ったのか、押し黙り、首を垂れた。

頼母が問う。

「先生、何が起きているのか、話してください」

すると典檀が、信平に頭を下げた。

驚いた善衛門が、信平に目を向ける。

信平は、善衛門に黙ってうなずき、典檀に顔を向けた。

「麿にできることなら、力になる。話してみなさい」

「はは」

典檀は顔を上げ、ごめん、と断ってから膝を進め、信平に密書を差し出した。

善衛門が受け取り、信平に渡す。

信平は開いて目を通した。

読んでいる途中で、典檀が伝える。

「お恥ずかしいことでございますが、それがしが藩を去った数年後から、成井藩は財政に苦しむようになりました。このたび、姪の夫が主命を受けて勘定方に就いて程なく、江戸家老の不正に気付き、悪事の証をつかもうとしていたのですが、昨夜家老の罠にかかり、捕らえられてしまったのです」

密書は、浅村が典檀に宛てたもので、江戸家老の駒井が年貢米を横流ししている疑いがあると訴えている。だが、誰と結託しているのかまでは分かっていないらしく、名も書かれていなかった。

浅村は、横領した金で力を増していく駒井を失脚させるべく、同志を集めて密談を繰り返していた。その中に典檀が招かれ、藩に戻って以前のように舵取《かじと》りをしてくれと頼まれたのだが、老いを感じていた典檀は、知恵のみを授けていた。だが、焦る浅村たちは、闇討ちをしてでも、駒井を家老の座から引き下ろすと決めた矢先に、罠にかけられて捕縛《ほばく》されてしまったのだ。

典檀が桜田堀で襲われたのは、浅村たちに与《くみ》しているのを知った駒井が、知恵袋を恐れて暗殺をしようとしたのである。

典檀から話を聞いた信平は、藩侯の甲斐守は何をしているのか問うた。

するとと典檀が、苦笑いを浮かべて言う。

「殿は浅村を頼りにしておられましたが、狡猾《こうかつ》な家老を一声で失脚させるに及ばず、手をこまねいておられます。身を退いたそれがしが御屋敷に入るのはなかなか難しく、以前訪ねた時は、お会いできませなんだ」

善衛門が口を挟む。

「江戸家老が邪魔をしておるとしか思えませぬな」

典檀が善衛門に賛同し、ため息まじりに告げる。

「明日の朝は押し通るつもりでいましたが、先手を打たれてこのざまでございます」

信平はしばし考えて、典檀に問う。

「家老の不正の証があれば、甲斐守殿とて黙ってはおられまい。家老と結託して米を横流ししているのが誰なのか、分かっておられるか」

「浅村は、藩出入りの米問屋を調べたようですが、何も得ておりませぬ」

善衛門が不思議がった。

「米を扱う者は決まっておるゆえ、容易《たやす》いことであろう」

典檀が首を横に振る。

「五年前に、米を扱う問屋が一軒では相場が不利になると江戸家老が言いだし、出入りの問屋を増やしております。怪しい者がおるのですが、浅村が調べた限りでは、帳面上では不正の証を見つけられなかったようです」

「裏の帳面があるということか」

そう推測した信平が、庭に目を向ける。

「鈴蔵、戻ったか」

信平が声に出すと、廊下に鈴蔵が現れ、片膝をついた。

「典檀殿を襲った曲者の雇い主を突き止めました」

鈴蔵が伝えたのを聞いて、典檀が驚いた。

「まことに、突き止めましたのか」

すると鈴蔵が、典檀に顎を引く。

「鈴蔵、これへ来て教えてくれ」

信平に言われて、鈴蔵は客間に入り、典檀のそばに座って告げた。

「貴殿を襲った曲者は、芝口に店を構える、備中屋与左衛門に間違いありませぬ」

典檀が眉をひそめた。

「聞いたことのない名じゃ。何を営む店でござるか」

「米問屋をしております」

鈴蔵の報告に応じて、

「なるほど、あの備中屋ね」

襖の向こうから、五味正三《ごみしょうぞう》の声がした。

驚く典檀を横目に、善衛門が口をむにむにとやって立ち上がり、襖を開けた。

「いつの間に来ておったのだ」

五味は善衛門の問いを無視して、湯気が上がる味噌汁《みそしる》をすすり、

「旨《うま》い」

と言って、お初《はつ》に向けたおかめ顔をほころばせた。

お初は、目をひんむいて怒る善衛門をちらりと見て、五味を顎で促す。

すると五味が、善衛門に顔を向けた。

「ご隠居、おはようございます」

「何がおはようだ。いつからそこにおった」

「つい先ほどからでございますよ。宿直《とのい》明けで疲れた身体《からだ》を、お初殿の味噌汁で癒《いや》してもらおうと思いまして、立ち寄ったのです」

五味は堂々とした態度で言い、味噌汁をすする。

「臓腑《ぞうふ》に染み渡るこの味。生きていてよかった」

「作ったようなことを申すな。盗み聞きをするやつがあるか」

怒る善衛門に、五味がとぼけた顔で返す。

「人聞きの悪いことを言いなさいますな。鈴蔵の声が大きいから聞こえたのですよ。備中屋のことなら、それがしはよう知っておりますぞ。聞きたい？」

五味に言われて、善衛門は態度を一変させた。

「そ、それを先に言わぬか」

善衛門は五味の手から味噌汁のお椀《わん》を奪って膳に置き、客間に促した。

十手《じって》を腰に帯びた町方同心の五味が、堂々と信平の前に座るのを見て、典檀があっけにとられている。

武家社会では、町方同心は不浄《ふじよう》役人などと言われて、屋敷に入るのさえ嫌われるのが常。典檀が驚くのは無理もないことだ。

察した信平が、五味は無二《むに》の友だと教えた。

そういうことかと典檀が納得したところで、信平は五味に訊いた。

「備中屋与左衛門は、どのような者なのだ」

「芝口に店を構えて間もないですが、すこぶる評判が悪い。店は繁盛しています。ですが、出入りする用心棒どもが何かと悪さをするのに加えて、与左衛門自身も、裏で悪さをしているらしく、泣かされている者も多いと聞いています。それがしの同輩が目をつけていますが、したたかな野郎らしく、なかなか尻尾をつかませないのですよ」

「大量の米を横流ししているという噂はないか」

信平の問いに、五味は首を横に振った。

「そのことは何も聞いていませんが、羽振りはずいぶんいいようです。料理茶屋で、頻繁《ひんぱん》に侍を接待しているとも聞いています」

「さようか」

信平は、お初に顔を向けた。

「お初、備中屋が米の横領に関わっているなら、証があるはず。探ってくれ」

「かしこまりました」

お初は頭を下げ、さっそく出かけた。

信平は鈴蔵に、駒井左内を見張るよう命じた。

六

備中屋に着いたお初は、さりげなく表を通り過ぎて探り、路地から裏に回った。路地に誰もいないのを確かめ、身軽に板塀に跳び上がり、猫のように天辺《てっぺん》に止まって中の様子を探った。身を隠せる庭木もなく、裏には井戸がぽつんとあるだけだ。小さな薪小屋《たきぎごや》があるので、裏庭に下りたお初は小屋の裏に隠れ、様子を探る。

廊下に中年の男が現れた。

刀を帯びている用心棒を従えているので、あるじ与左衛門に違いない。

お初が目で追っていると、与左衛門と用心棒は部屋に入り、障子を閉めた。

庭を走り、音もなく廊下に上がったお初は、隣の部屋に忍び込んだ。

「典檀はまだ見つからないのか」

与左衛門の苛立《いらだ》った声がする。

用心棒は、方々を捜しているが見つからない、浅村の妻を斬ったが、それも行方知れずだと言った。

与左衛門が言う。

「こうなってしまっては、見つけ出すのは難しい。仕方ない、皆を集めて、広尾《ひろお》の寮へ行きなさい。先生には、そこで浅村を斬っていただきますぞ」

「罪なき罪で死罪か」

「御家老の命《めい》です」

「じじいを放っておいてよいのか」

「藩を退いた者に何ができようか。浅村さえ始末すれば、我らは安泰。じじいが御屋敷に近づけば、捕らえる手はずになっておる。さ、早くお仲間を呼び戻してきなさい」

「こころえた」

応じた浪人者が、障子を開けて廊下に出たのだが、ふと、気配を察して隣の部屋の前に立った。障子を荒々しく開けはなつ。

気付いた与左衛門が、襖を開けて顔を出した。

「どうした」

誰もいない十二畳の部屋を睨んでいた浪人が、与左衛門に目を向ける。

「いや、気のせいだったようだ」

浪人はそうこぼすと、仲間を呼び戻しに行った。

「ち、役立たずめが」

そう毒づいた与左衛門が、荒々しく襖を閉めた。

隣の納戸《なんど》部屋に隠れていたお初がそっと出て、与左衛門の部屋へ近づこうとしたのだが、人の気配を察して、ふたたび隠れた。

廊下を、店の番頭らしき男が歩み、与左衛門に声をかけた。

来客を告げられた与左衛門が部屋から出て、店に行った。

あたりが静かになると、お初は納戸から出て、与左衛門の部屋に忍び込んだ。

裏帳簿があるとすれば、部屋のどこかに隠されているはず。

お初はまず、隠し扉を探した。家老と結託して藩の米を横領するほどの男ならば、手箱に入れておくような油断はしないはずだ。

注意深く、床の間の壁を探ったが、隠し扉はない。

手の平を畳に当てて軽々と起こし、敷板《しきいた》を外して床下を調べても、隠し場所らしきものはなかった。

畳を元に戻したお初は、別の部屋を調べるために出ようとして、書院《しょいん》作りの窓辺の板に埃が落ちていることに気が付いた。

歩み寄って見上げると、微《かす》かだが、障子窓の枠が手垢《てあか》で光っている。

お初は手を伸ばして枠を触ってみる。すると、取り外すことができた。中に手を入れてみると、小判の包みがいくつも置いてあり、ちょっとした隠し場所になっていた。部屋に置いている金を、用心棒たちに盗まれぬための工夫だろう。そう思いながら探っているお初の手に、帳面らしき物が当たったので、取り出してみた。

開いて目を通したお初が、

「あった」

と言い、ほくそ笑み、懐に入れて枠を元に戻すと、備中屋から出て信平のもとへ走った。

お初から裏帳簿を受け取った典檀は、間違いないと言って礼を述べた。

お初はさらに、浅村の命が危ないことを告げた。

備中屋の寮が広尾のどこにあるか分からぬため、信平はお初に頼み、寮に行くであろう与左衛門を見張らせた。

お初によろしく頼むと言った典檀は、改めて裏帳簿に目を通し、顔を真っ赤にして怒った。

「おのれ駒井め、よくもこれほどの年貢米を」

悪事は数年にわたり、総額で二万両もの大金が横領されていた。

半分は駒井の懐に入り、残り半分は備中屋のものとされていたのだ。

浅村から、藩の借財は一万両に膨れ上がっていると聞いていた典檀は、己の悪事を棚に上げて、藩の財政立てなおしのために年貢の率を上げようとしている駒井のふてぶてしさを思い、信平に告げた。

「はらわたが煮えくり返るほど、腹が立ってなりませぬ。これより藩邸に行き、この証を殿にお見せして諫めまする。信平様には、なんとお礼を申し上げれば良いか。この御恩、決して忘れませぬ。では、ごめん」

忙しく言い立てて去ろうとする典檀を、信平が止めた。

「家老が邪魔をするやもしれぬゆえ、麿もまいろう」

「いや、しかし」

典檀が恐縮して断ろうとしたのだが、信平は狐丸をにぎって、玄関に向かった。

善衛門が、典檀に伝える。

「ああなっては、殿を止めることはできぬ。ここは、殿のお考えに従えばよい。悪いようにはならぬゆえ、安堵されい」

善衛門は典檀の肩をたたき、信平を追って出た。

黙って控えていた佐吉と頼母も出ていったので、典檀は慌ててあとを追った。

備中成井藩の上屋敷を訪れた信平。

狩衣姿の信平を見て、門番たちは顔を見合わせている。

身を退いて十年にもなれば、典檀の顔を知った者は門番の中におらず、入ろうとしても難しい。

そこで、善衛門が前に出て、胸を張って告げる。

「将軍家縁者の鷹司松平信平様が、藩主甲斐守殿に折り入ってお話がござる。速《すみ》やかにお取り次ぎ願いたい」

「た、ただいま」

門番は目を丸くして駆け込んだ。

すぐさま藩士が出てきて、狩衣姿の信平に頭を下げて招き入れようとしたのだが、典檀がいることに気付いて、目を見開いた。

「典檀様」

見知った顔に、典檀がうなずく。

「殿はおられるか」

「はい。鷹司松平様のご訪問を驚かれ、すでにお待ちでございます」

「うむ。では案内《あない》を頼む」

「はは」

「信平様、どうぞ」

典檀にうなずいた信平は、藩士の案内に従って屋敷に入り、藩主山水甲斐守信盛《のぶもり》が待っている書院の間に入った。

小姓を二人ほど従えていた甲斐守は、典檀がいることに驚きながらも、信平に、親しみを込めた笑みを浮かべる。

「信平様、お会いできて光栄至極にございます」

若き藩主は、信平の活躍を知っているのであろう。尊敬の眼差《まなざ》しを輝かせている。

その甲斐守に、信平は軽く頭を下げて告げる。

「急に訪れて失礼しました。典檀殿とひょんなことから知り合いになり、ごあいさつに上がったまで。典檀殿」

信平が促すと、典檀が前に出て、甲斐守に平身低頭した。

「殿、お懐かしゅうございます」

「うむ。典檀、ずいぶん歳を取ったの」

「はは」

「信平様のお手を煩《わずら》わせてまで余に会いに来たのは、浅村のことか」

「はい」

「あいにく、駒井は出かけておる。浅村のことは駒井にまかせておるゆえ、帰りを待て」

「殿、駒井は殿を裏切っておりますぞ」

甲斐守は、ちらりと信平を見て、慌てた顔を典檀に向けた。

「馬鹿な、何を申しておる」

その場を取り繕おうとする甲斐守に、典檀が膝を進め、浅村の密書を添えて、不正の証である裏帳簿を差し出した。

「これに、駒井の悪事がすべて記してございます。信平様のおかげでございます」

「信平様は、すべてご存じなのですか」

信平はうなずいて見せた。

神妙な面持ちで受け取った甲斐守が目を通し、怒りに震えた。

「もしやとは思うていたが、まさか、ここまでとは……」

「事実でござる。殿、このままでは、忠臣である浅村を喪《うしな》いますぞ」

怒りで顔を蒼白《そうはく》にした甲斐守が、大声をあげた。

「寺沢を呼べ！」

「はは」

応じた小姓が下がって程なく、目付役の寺沢が急いで現れた。

「お呼びでございますか」

「駒井はどこに行ったのだ」

「大事な御用があると申され、下屋敷《しもやしき》へ行かれました」

典檀が首を横に振る。

「殿、駒井は浅村を連れ出して殺すつもりです。広尾にある、備中屋の寮に行ったに違いございませぬ」

「何！」

「殿、この証を持って、駒井を成敗《せいばい》なさりませ。わしもお供つかまつりまする」

「うむ。分かった。寺沢、駒井を捕らえにまいる。供をいたせ」

「おそれながら、御家老が何をなされたのでございますか」

「余を裏切ったのじゃ。急げ！」

「はは！」

寺沢は立ち上がり、刀を取りに戻った。

「磨もまいろう」

信平が助太刀を申し出たが、甲斐守は恐縮して断った。

「これ以上、信平様のお手を煩わせるわけにはまいりませぬ。このお礼は、のちほど。ではごめん」

甲斐守が頭を下げたので、信平は、この場は引き下がった。

善衛門たちと藩邸を出た信平は、黙って歩みはじめた。

善衛門がいぶかしそうな顔で歩み寄る。

「殿、赤坂とは方角が違いますぞ」

「さよう」

返事をした信平は、歩みを進める。

顔を見合わせた善衛門と佐吉が、ふっと笑みを交わす。

不思議そうな顔をしている頼母を佐吉が呼ぶ。

「頼母、まいるぞ」

「どこにです」

「決まっておる。悪党退治だ」

佐吉に言われて、頼母は信平のあとを追った。

七

藩の下屋敷から引き出された浅村は、備中屋の寮に連れて来られ、目隠しをされたまま、裏の林に入っていた。

「座れ」

膝を蹴られて無理やり押さえられた浅村の前には、人ひとり埋められる穴が掘られていた。

駒井が、鋭い目を樫田に向け、顎を振る。

応じた樫田が、浅村の目隠しを取った。

死を覚悟した浅村が、悔し涙を流して睨む。

「おのれ樫田、よくも裏切ったな」

「ふん、馬鹿め。裏切ってなどおらぬ。わしは初めから、御家老の味方だ。貴様の動きを探りつつ、罠にかける機会を狙っていたのだ」

「くそ！」

「勘定方のことはわしにまかせておけ。藩を潰さぬ程度に、儲《もう》けさせていただく。ふふ、あっはっはっは」

勝ち誇ったように言う樫田が、駒井と与左衛門のそばに行って控えた。

駒井が浅村に告げる。

「わしの味方になっておれば、貴様もいい思いができたものを。あの世で後悔するがよい。備中屋、雨が降りそうじゃ。早うすませろ」

「はい」

備中屋が浪人に顔を向けて顎を引く。

応じた浪人が抜刀し、浅村の首を刎《は》ねるために振り上げた。

「待てい！」

林に響く声に、浪人が手を止めて振り向く。

すると、十数人の藩士たちが駆けてきて、周りを取り囲んだ。

陣笠をつけた甲斐守がいることに気付いた駒井が、目を見開く。

「殿！　どうしてここに！」

「駒井、貴様よくも余を裏切りよったな。許さぬ、許さぬぞ！」

「殿、何を仰せか。わたしが殿を裏切るはずはございますまい」

「黙れ！　これを見てもそう言えるか！」

甲斐守が、証の裏帳簿を見せた。

「そ、それは！」

愕然とする備中屋を、駒井が睨んだ。

「どういうことだ、備中屋」

「そんな馬鹿な。あの隠し場所が見つかるはずはない」

「見つかっておるではないか！」

「ひい」

駒井に怒鳴られて、備中屋が首をすくめた。

「駒井、罪を認めて、大人しく縛《ばく》につけ」

そう言った典檀を、駒井が恐ろしい形相で睨んだ。

「じじい、貴様の仕業《しわざ》か」

「わしではない。あるお方が助けてくださったのだ。こうして悪事を暴かれたのじゃ。おぬしも武士の端くれなら、殿の御前で腹を切れ！」

典檀が責めたが、駒井は、余裕の笑みを浮かべた。悪だくみを含んだ、不気味な顔だった。

藩主甲斐守の背後にいた目付役の寺沢が、静かに鯉口を切ったが、誰も気付いていない。

寺沢がすらりと抜刀したのを見て、駒井が悪意に満ちた顔を藩主に向ける。

「殿、藩のことはこの駒井左内におまかせください。お世継ぎ吉方丸《きっぽうまる》君の後見人となり、守《も》り立てていきますぞ」

「貴様、血迷うたか」

怒る甲斐守の背後で、寺沢が刀を振り上げた。

藩主を斬殺しようとする寺沢に気付いた典檀が、あっと声をあげる。

刀を打ち下ろそうとした寺沢が、目を見開いて呻いたかと思えば、刀を落として伏し倒れた。その背後にいる鈴蔵が、冷めた目で寺沢を見下ろしている。

「おのれ、何奴じゃ！」

駒井が怒鳴った。

甲斐守が、駒井を責める。

「駒井、観念いたせ！」

すると駒井が、くつくつと笑う。

「観念するのは、殿、あなただ」

「周りをご覧あれ」

「何」

駒井に言われて、甲斐守が家臣たちに目を向ける。すると、寺沢が集めていた藩士たちが抜刀し、側近の小姓たちに斬りかかり、怪我を負わせた。

「お前たち！」

味方と思うていた家臣に刃を向けられて愕然とする甲斐守に、駒井が余裕げに告げる。

「それがしに抜かりはござらぬ。者ども、構わぬ、殿を斬れ」

小姓が甲斐守を守って対峙し、駒井の手の者と斬り合いとなった。

典檀も刀を振るい、甲斐守に近づく裏切り者を斬り、続いて浅村を助けようとしたのだが、駒井の配下の下田が行く手に立ちはだかった。

「どけ！」

典檀が刀を打ち下ろしたが、下田が弾き返した。

「むっ」

手ごわい相手に、典檀が絶句する。

勝ち誇った顔をする下田が、すり足で下がって振り向きざまに小姓の胴を払い斬り、甲斐守に迫る。

「てや！」

渾身《こんしん》の一撃で甲斐守を斬殺しようとしたが、打ち下ろした刃を、横から弾かれた。

その激しい剣に跳びすさった下田が、鶯色の狩衣をつけた信平を見て、目を見開いた。

「貴様、あの時の」

桜田堀で典檀を襲った時、邪魔をしたのが信平だ。

狐丸を片手に下げ、涼しい顔を向ける信平であるが、下田は、信平の剣気に足がすくみ、一歩も動けなくなった。

「貴様、何者だ！」

怒鳴る駒井に、甲斐守が声を張り上げた。

「控えよ。このお方は、鷹司松平様であらせられるぞ」

「何！」

信平が将軍家縁者であるのを知る駒井は、愕然とした。

信平に知られては、ここを切り抜けたとしても、吉方丸を擁立《ようりつ》して藩を我が物とすることは叶わない。

だが、欲にとらわれた駒井はあきらめなかった。

「皆殺しだ。皆殺しにしろ！」

抜刀して叫んだ。

「愚かな」

信平は静かに言い、斬りかかる敵の刃をかわして狐丸で手首を切り、次々と襲い来る敵の刃をかい潜りながら、乱舞した。

信平が走り抜けた後ろでは、手足を斬られた者どもが地面に転がり、呻いている。

凄《すさ》まじい剣を目《ま》の当たりにした備中屋与左衛門が、腰を抜かして悲鳴をあげ、足をばたつかせて下がった。何かに当たったので振り向いた与左衛門が、薄暗い林の中で立っている大男の佐吉に睨まれて、白目をむいて気絶した。

浪人者どもは、善衛門とお初に痛めつけられ、刀を捨てて呻いている。

頼母が浅村の縄を解き、助け起こした。この時駒井の配下が斬りかかったが、鈴蔵が助けに入り、素手で捻《ひね》り倒した。

頼母が、助けてくれた鈴蔵に顎を引く。

残っているのは、駒井と下田のみだ。

駒井は下田を押し、皆を斬れと叫んだ。

だが、信平に接して戦意を失っている下田は、刀を捨てて膝をつき、甲斐守に首を垂れた。

負けた恨みに満ちた顔をした駒井が、素手で大刀の刃をつかみ、己の腹に突き入れようとした。だが、自害する勇気が出ず手が震え、その場にへたり込んだ。

「残っている金を、すべてお戻しします。どうか、命ばかりはお助けを。どうか」

甲斐守は、額を地面に擦《こす》り付ける駒井を見くだし、小姓に命じる。

「顔を見とうない。下屋敷の牢へ連れて行け」

応じた小姓が駒井の大刀と脇差を奪い、配下の者たちと共に悪党どもを捕らえて藩邸に戻った。

甲斐守は信平の前に行き、頭を下げた。

「危ないところをお助けいただき、かたじけのうございます。信平様、この不始末のお咎《とが》めは甘んじてお受けいたします」

信平は、甲斐守の頭を上げさせた。

「麿は、公儀の目付ではない。そうであろう、善衛門」

「はあ？」

急に振られて善衛門は戸惑ったが、信平の意を汲《く》んで、ひとつ咳《せき》ばらいをした。

「さよう、さようでござる。甲斐守殿、ここであったことは、公儀の耳には入りませぬゆえ、ご案じなさいますな」

「まことでございますか」

信平は、甲斐守に笑顔でうなずき、きびすを返した。

「頼母」

「はは」

「浅村殿を我が屋敷へ案内してさしあげろ」

「承知いたしました」

頼母が浅村に、久美代が手傷を負って休んでいることを教えた。

命は無事だと知った浅村は喜び、林から去る信平に頭を下げた。

その数日後、月初めの登城を終えて赤坂の屋敷へ帰っていた信平は、だるま堂の前を通りがかり、馬を止めた。空き家になっていたはずのだるま堂から、典檀が教え子を叱る声がしたのだ。

子供たちが、

「達磨が来た！」

と声をあげながら、家の外へ出てきた。

「待たぬか、この悪がきども！」

典檀が出て、逃げる子供たちを追い回している。

開けられたままの門から中の様子を見ていた善衛門が、頼母に訊いた。

「典檀殿は、藩に戻ったのではないのか」

「はい。家老として戻るよう言われたそうですが、辞退されました。浅村殿が、家老になられるそうです」

「さようか。久美代殿も、さぞ喜ばれたであろう」

善衛門が言い、馬上の信平に顔を上げた。

「殿、子供たちを相手にしている典檀殿は、なんだか楽しそうですな」

「ふむ」

信平は、悪さをした子供を捕まえて尻をたたく典檀の様子に目を細め、馬を歩ませた。

だるま堂の土塀には、教え子の手によるものと思われる典檀に似た顔がいたずら書きされており、大きな目で道ゆく人を睨みつけている。

目を止めた信平は、愛嬌《あいきょう》のある似顔に笑みを浮かべた。

第二話　脅し

一

庭に咲く牡丹の花が美しい晴れた日に、鷹司松平信平は、松姫と福千代を連れて赤坂の屋敷を出発し、山王権現の参詣に行った。

以前は江戸城半蔵門《はんぞうもん》の南側にあった山王社は、明暦《めいれき》の大火のあとに現在の場所に移されたのであるが、今も変わらず、江戸城鎮守《ちんじゅ》の神である。

よって、将軍家から厚い庇護《ひご》を受けており、山王祭の折には山車《だし》が江戸城内に入り、将軍と御台所《みだいどころ》が上覧拝礼する天下祭《てんかまつり》となっている。

上覧拝礼をはじめたのが三代将軍家光《いえみつ》だといわれているので、御台所だった信平の姉本理院も、家光公が存命の時は山車を上覧して楽しんでいたであろう。

門前に到着したあと、駕籠《かご》に乗っている松姫から福千代を受け取った信平は、降りる松姫に手を貸し、本鳥居《ほんとりい》を潜った。付き従っている善衛門や佐吉を門前に残して境内《けいだい》に上がる石段をのぼり、山門を潜って本殿に歩んだ。

霊験《れいげん》あらたかと言われている山王権現は、江戸城鎮守の神ということもあり、出世、運気向上を祈願する者が多く訪れ、また、安産、子育てなどの御利益《ごりやく》もあるというので、女性の参拝者も多い。

信平と松姫は祈禱《きとう》をしてもらい、福千代の健《すこ》やかな成長を祈願した。

その後、半蔵門から吹上に入った信平たちは、本理院の居館を訪れた。

迎えた本理院は、満面の笑みで福千代を抱き、信平と松姫が子を授かったことを我がことのように喜んだ。

「初めの頃は、どうなることかと案じておりましたが、夫婦《めおと》になり、親となった二人をこうして見ると、たくましくなった気がいたします」

本理院は、信平と松姫を館で引き合わせたことを懐かしみ、大人しく抱かれている福千代に慈《いつく》しみの顔を向けた。

信平と松姫は昼餉《ひるげ》をもてなされ、久々に会う本理院との会話を楽しんだ。

居館の庭の木々の緑は美しく、心地好い風が部屋の中に入ってくる。

隣の部屋に敷かれた小さな布団で、福千代はすやすや眠っている。本理院は、信平が訪ねると知らせを送ってきたのを喜び、福千代のために子供用の布団を作らせて待っていたのだ。

信平と松姫は、本理院の求めに応じて、一晩泊まる支度をしてきている。

善衛門と佐吉たちは、明日迎えに来ることになっているので、昼餉をいただくと、赤坂の屋敷へ引き返した。

侍女の竹島糸と、中井《なかい》春房《はるふさ》のみが、付添人として残っている。

本理院は会話の中で、松姫の父、徳川頼宣《よりのぶ》のことを訊いた。

「松殿、大納言《だいなごん》殿は、息災ですか」

「はい。月に五日は、福千代に会いに来られます」

松姫がそう伝えると、本理院は手の甲で口を隠し、ほっほっほっ、と笑った。

「娘が産んだ孫は特に可愛いものだと申しますから、大納言殿も、福千代の顔を見るのが楽しみなのでしょう」

「守役《もりやく》を早く定めろと、まいられるたびに申されますので、困っております」

「福千代は跡取り息子ですから、大切なことです」

本理院に言われて、松姫は従った。

「この夏が終わる頃には、守役をつけまする」

「幼い我が子を人の手に委《ゆだ》ねることは不安もありましょう」

松姫は、遠慮がちな微笑みを浮かべて、はいと答えた。

正直な松姫に、本理院も微笑む。

「されど、守役をつけることは、福千代にとっては良いことですから、母は、子が疲れた時に優しく抱いてやりなさい」

「はい」

松姫は笑顔で応じた。

福千代が目をさましぐずったので、松姫はそばに行き抱き上げた。

優しく語りかける松姫を微笑ましく見ていた本理院は、信平に神妙な顔を向ける。

「ところで、信平殿」

何かを案じる表情をしている本理院に、信平は居住まいを正す。

「はい」

「一昨日、城から知らせがまいったのですが、伊豆守殿のことは知っていますか」

信平は、いやな予感がした。

「伊豆守様に、何かございましたか」

信平が訊くと、本理院は、やはり知らされていないかと言い、信平の目を見た。

「伊豆守殿は、身罷《みまか》られたそうです」

十日も前のことだと教えられ、信平は愕然とした。

「重い病であることは存じておりましたが、このように早くお隠れになるとは」

信平が江戸にくだってからというもの、厳しくとも、力になってくれた大恩人だけに、伊豆守の死は、いつかは、という覚悟はしていたものの、辛《つら》いものであった。

沈痛な顔をする信平を見た松姫が、隣に座り、案じる顔をした。

信平はうなずき、長い息を吐いた。そして、本理院に気持ちを漏らす。

「伊豆守様は、公儀で多大なる貢献をされたお方。上様も、さぞ肩を落としておられましょう」

「上様には、身罷られたその日に訃報《ふほう》が届けられ、たいそうお嘆きになられていたご様子ですが、今は、次の老中を誰にするかを、お悩みとのこと」

「さようでございますか。次期老中を……」

信平は、移り変わりの速さに心が沈む。

多忙な将軍ゆえ、重臣の死をいつまでも悼《いた》んではいられないのは分かっている。まして、天下の政《まつりごと》を司《つかさど》る老中の死は、諸大名に及ぼす影響も大きく、素早い対応を求められるのは当然だ。

本理院が微《かす》かなため息をついたので、信平は問う顔を向けた。本理院がため息をつくのを、初めて見た気がしたのである。

そんな信平の視線に、本理院が答える。

「次に老中になる者のことで、気がかりなことがあります」

「それは、何でございますか」

「おそらく次の老中は、守山肥前守《もりやまひぜんのかみ》殿に決まるでしょうが、あの者は、公家《くげ》を嫌《きろ》うておりますので、そなたに対する風当たりが強うならぬかと案じてしまうのです」

「本理院様」

信平は、心配してくれる姉に申しわけなく、また、ありがたくも思う。

「老中にどのように思われようと、わたしは大丈夫でございます。御家と妻子を守るために、一層励みまする」

「その邪魔をされなければよいのですが」

本理院の心配は晴れないようだった。

守山肥前守重俊《しげとし》は、安房東篠藩《あわとうじようはん》七万石の譜代《ふだい》大名で、若い頃は春日局《かすがのつぼね》に気に入られていた。

三代将軍家光の乳母《うば》だった春日局は、家康《いえやす》からも信頼され、当時は老中よりも権力を持っていた人物だ。

春日局が朝廷との交渉に赴くこともあり、若き重俊は、補佐役を仰せつかっていた。

重俊が公家嫌いになったのは、公家の者と揉《も》めたわけではなく、優雅で華麗《かれい》に見える公家の暮らしぶりが、武骨者の重俊の目には良く映らなかったからだ。

「世の中に対して、さしたることをせぬくせに、のうのうと暮らし、贅沢三昧をしおる」

と、言い、公家の者の振る舞いに嫌悪を抱いたのだ。

それゆえ、武士の世界に公家の出である信平が入っていることを、重俊は良く思っていない。

そのことは、信平も気付いている。

江戸城本丸御殿で重俊の顔を見かけた時などは、あからさまにいやそうな顔をされて、顔を背けられていたからだ。

老中を選ぶ立場である家綱《いえつな》が、そのことを気にしていたと、本理院はこぼした。

だが、家綱がそれだけの理由で重俊の選出を外すことができるはずもなく、順当、という決まりごとに倣うならば、伊豆守の次に老中になるのは、重俊をおいて他にいない。

信平は、案じてくれる姉に、

「本理院様、なるようにしかなりませぬ」

と、飄々《ひょうひょう》と言い、微笑んで見せた。

「そなたは、まことに呑気《のんき》なものです」

呆れた本理院が、松姫と顔を合わせて笑った。

二

同じ頃、駿河台の上屋敷にいる守山重俊は、次期老中の座は揺るぎないことが分かっており、家臣たちを大広間に集め、

「わしもいよいよ老中じゃ。拝命したのちは、方々から付け届けがあろうゆえ、藩の財政は大きく変わる。領民にも、恩恵を与えねばなるまいの」

などと、上機嫌で言っていた。

そんな重俊の表情を一変させたのは、家老の木村《きむら》による耳打ちだった。

老中拝命が間近なことを知った両替屋《りょうがえや》の今田屋金五郎《いまだやきんごろう》が、前祝いの角樽《つのだる》を携《たずさ》えて訪問し、

「お殿様に、是非ともお願いがございます」

と、応対した木村に、たくらみを含んだ笑みで言った。

昔、今田屋金五郎とはのっぴきならぬ「縁」があった重俊は、顔をしかめ、

「茶室に通しておけ」

と言い、家臣たちを置いて大広間から出た。

小姓を一人だけ連れて、小鳥がさえずる庭の森の小道を登った重俊は、茶室の外で待っていた木村に促されて、中に入った。

痩せている重俊が、思わず顔をしかめたくなるほど太っている金五郎が、脂《あぶら》ぎった壮年の顔に笑みを浮かべ、頭を下げた。

「まずは、おめでとうございまする」

野太い声で言われ、重俊は笑みを含んだが、すぐに、冷めた顔で告げる。

「まだ決まったわけではない。前祝いなど無用じゃ」

「まま、そうおっしゃらずに」

言った金五郎が、無遠慮に顔を上げ、唇に不敵な笑みを浮かべた。

重俊は身構える思いで、金五郎に問う。

「して、用向きはなんじゃ。わしは忙しいゆえ、早う申せ」

「はは。今日は、殿様にお願いがあってまいりました」

「だから、なんじゃと言うておる」

苛立つ重俊の前に、金五郎は懐から出した紙の包みを広げた。

黄金に輝く一枚の慶長一分判《けいちょういちぶばん》を見て、重俊が絶句し、鋭い目を向ける。

「貴様、まさか」

「お察しのとおりでございます。八年前のように、このお庭の森をお貸し願いたいと存じまする。むろん、ただとは申しませぬ。相応のお礼はさせていただきます」

「断る」

重俊が即座に拒絶したが、金五郎は、含み笑いを変えなかった。

「殿様、よぉく、お考えください」

「考えるまでもない。わしは次期老中ぞ。そのようなことに手を貸すほど、金に困ってはおらぬ。いくらいるのだ。一万両ならば、今すぐ用意させる。それを持って帰るがよい」

金五郎が、視線を畳に落として、ふっと笑った。

「殿様、この金五郎を舐《な》めてもらっちゃぁ困りますよ。三十万両いただけるなら、あきらめて帰りましょう」

重俊が目を見張った。

「馬鹿な、そのような大金、あろうはずがない」

「では、森をお貸し願いましょう。なぁに、ほんの一年もすれば、ふふ、それこそ礼金を十万両お付けして、お返しいたしますよ」

「話にならぬな」

重俊は顔を背けた。

茶室の外で話を聞いていた木村が、小姓に目配せをして、静かに刀を抜いた。

白刃を下げた木村と小姓が、金五郎を抹殺すべく茶室に入ろうとした、その刹那。

茶室を囲む森から数名の曲者が現れ、小姓の背後に迫る。

「何者！」

驚いて振り向いた小姓の顔に、曲者が一刀を浴びせた。

目を見開いた小姓が、呻き声を吐いて仰向けに倒れた。即死である。

不意打ちに驚いた木村が振り向いた時には、目の前に白刃を突き付けられ、人相の悪い用心棒らしき曲者たちに、動きを封じられた。

茶室の中では、金五郎が重俊を捕まえて、刃物を喉元に向けている。

恐怖に引きつった顔をしている重俊が、開けられた障子の外を見て、悔しげに口を開く。

「き、貴様、どうやってあの者どもを入れた」

「八年前には毎日通った森だ。入ることなど、容易いことでございますよ。殿様、お返事を聞かせていただきましょうか。拒むとおっしゃるなら、八年前世に出したこの一分判の秘密を大目付《おおめつけ》の屋敷に送りますが、それでもよろしゅうございますか」

大目付にこのことが知られれば、老中就任どころか、御家の未来が閉ざされる。

重俊は焦った。

「ま、待て。分かった。言うとおりにする」

「さすがは殿様だ、話がお分かりになる」

「ただし、条件がある」

「聞きましょう」

「これが最後だ。思うだけの仕事を終えたのちは、二度と、わしに顔を見せるな。八年前のことも、すべて忘れてくれ」

必死に訴える重俊に、金五郎は真顔で答える。

「いいでしょう」

　金五郎は重俊を突き放して刃物を懐に納め、笑みを浮かべて外に出た。

　顔を真っ青にしている家老の木村に、金五郎が歩み寄る。

「しばらく世話になりますよ」

　そう言って、木村の着物の乱れをなおしてやると、金五郎は手下どもを連れて帰った。

　茶室に座り、悔しげな顔をしている重俊に、木村が詰め寄る。

「殿、このままでよろしいのですか」

　重俊が、木村を睨んだ。

「案ずるな。八年前と同じだ。わしは、何も知らぬ。よいか、今日からこの森へは、誰も近づけてはならぬ。昼夜見張りを立て、金五郎とその一党を家臣の目に触れさせるな」

「かしこまりました」

「一年後には、十万両くれるというのだから、財はさらに潤《うるお》う。八年前と同じじゃ。ぬかるでないぞ、木村」

「はは」

木村は重俊に従い、この日から、藩邸の北側にある広大な森を閉鎖した。

三

信平と松姫が本理院の居館を訪問した日から、ふた月が過ぎた。

そのあいだに、亡くなった伊豆守の弔問《ちょうもん》を終えた信平は、以後、何ごともなく日々を過ごしていた。そして、暑いさかりのとある日に、葉山善衛門を奥向きの部屋に呼び、松姫と二人で迎えた。

信平の口から、福千代の守役を頼むと、善衛門は驚き、珍しく謙虚になった。

「まことに、それがしなどでよろしゅうござるのか。紀州様が、怒られはしますまいか」

落ち着きのない善衛門の口を、信平が制した。

「善衛門」

「はは」

「これは、松も望むことじゃ。よろしゅう頼む」

「し、しかし殿、それがしは……」

信平の直臣《じきしん》ではないと、善衛門は言いかけてやめた。

意を察した信平が伝える。

「そなたを守役にすることは、上様からお許しをいただいた」

「では、晴れて家来にしてくださるのか」

迫る善衛門に、信平は目を閉じて首を横に振る。

「それは、許されなかった。善衛門は、隠居とは申せ将軍家旗本。麿とのことはこれまでどおりじゃ」

善衛門は本来、公家の出身である信平の監視役だ。お初も、形式上はそうである。

信平と将軍家との関係は良好だ。善衛門とお初の役目が解かれないのは、信平の補佐をさせるためだという色が濃くなっているのだが、幕閣の中には、信平が朝廷の手先だといって警戒する者がいまだにいる。中には、紀州徳川頼宣が、信平を利用して朝廷と関係を深め、将軍家に勝《まさ》ろうとたくらんでいると、陰口をたたく者もいるのだ。

善衛門が信平の家来になることを許されないのは、その者たちに対する将軍の気遣いでもある。

守山重俊が信平を嫌うのは、陰口をたたく者たちの話が、耳に入っているからでもあろう。

本理院から実情を教えられ、理解している信平であるが、善衛門を我が子の守役に選んだのは、決して政治的な理由からではないことは、言うまでもない。

「頼まれてくれぬか、善衛門」

信平が願うと、松姫は相槌を打ち、三つ指を揃えた。

「善衛門、どうか、このとおり」

「奥方様……」

松姫に頭を下げられた善衛門は、慌てて顔を上げてくれと言おうとしたのだが、感極まって手で口を塞ぎ、涙を流した。そして、両手をついて口に出す。

「この葉山善衛門、これまで生きてきて、今日ほど嬉しいことはござらぬ。守役を仰せつかったからには、若君が立派に御家を継がれるまで生きてみせまするぞ」

「それは頼もしい限りじゃ」

信平が言い、松姫と顔を合わせて微笑んだ。そして、膝に抱いていた福千代を、善衛門に差し出す。

「善衛門、抱いてやってくれ」

「はは」

善衛門は膝を進め、手を差し出した。

じっと見ていた福千代が、笑みを浮かべて手を差し出すので、善衛門は抱き上げた。

「若、今日からはじいでございますぞ。じいが知っておることはすべて教えてさしあげまする」

善衛門の顔を見ていた福千代は、松姫に手を伸ばしてぐずった。

まだ、母の乳が恋しい福千代である。善衛門が守役に決まったとしても、本格的に教えるのは先のことである。

「福千代のためにも、身体を大事にしてくれ」

「殿、ご安心を。この葉山善衛門、これまで風邪ひとつひいたことがござらぬ。あと二十年は生きてみせまするぞ」

善衛門は力強く言い、豪快に笑った。

「それは頼もしい限りじゃ」

信平は言い、松姫と笑みを交わした。

決めごとをすませた信平は、善衛門と共に表御殿に出て、家の仕事に戻った。

近頃の信平は、領地の治水計画などで、いろいろと忙しくなっている。

「殿、大海四郎右衛門《おおうみしろうえもん》からの願いですが、いかがいたしますか」

善衛門が問うのは、上野国《こうずけのくに》多胡郡《こごおり》の領地改修のことだ。

代官の大海が、梅雨《つゆ》の大雨で崩れた桑畑の土手の改修に難航し、費用がかさんでいるので、助けを求めていた。

信平は、考えるまでもなく告げる。

「土手下に家がある者は案じておろう。人足を新たに雇い、改修を急がせてくれ。善衛門、よしなに頼む」

「はは。では、大海の求めに応じた金子を佐吉に持たせ、領地に遣わしまする」

「ふむ」

信平は、善衛門とそのようなことを話しながら廊下を歩み、自室に入った。すると、頼母が神妙な顔をして待っていた。

「頼母、いかがした」

信平が訊くと、頼母が三方《さんぼう》を差し出した。一分判が何枚か載せられている。

「殿、わたしは、とんでもないことに気付いてしまいました」

頼母の焦った様子に、信平は善衛門と顔を見合わせて、上座に座った。

頼母が一枚つまんで渡す一分判を受けた信平は、厚みを覚えてくれと言われて、うなずいた。

「まずは、これを」

「いかがしたのだ」

「よろしいですか」

「ふむ」

「では、こちらを」

別の一分判を渡されて、信平は目をつむる。

「どちらが厚いか、お分かりになりましたか」

「一枚目じゃ」

「さよう。さすがは殿」

頼母が一分判を引き取ったので、善衛門が確かめて問う。

「さして変わりはないように思えるが、これがいかがしたと言うのだ」

「一枚目のほうは、贋金《にせがね》です」

「なんじゃと！」

善衛門は愕然として、もう一度確かめた。

「言われなくては、分からぬぞ。まことに贋物か」

「間違いございませぬ」

「他にもあるのか」

信平が訊くと、頼母は首を横に振った。

「すべて調べましたところ、見つかったのはこの一枚のみでございます」

信平がうなずく。

善衛門は、安堵の息を吐いた。

「贋金を佐吉に持たせるところであった。頼母、でかした」

すると頼母が、厳しい目を向けた。

「そのようなことを申している場合ではございませぬ。ここで一枚見つかったとなれば、市中には大量に出回っているはずでございます」

「そうか、そうであった。殿、これは一大事ですぞ」

声を張った善衛門が、頼母に訊く。

「頼母、贋金がどこでまじったか分かっておるのか」

「はい。赤坂の両替屋、足立屋《あだちや》喜兵衛《きへえ》のところで換金したものです」

善衛門がいぶかしそうな顔をした。

「足立屋と申せば、わしも以前から使《つこ》うておる両替屋じゃ。よし、わしが言って、調べてしんぜよう」

「善衛門待て」

　信平は止めた。

「殿、いかがなされた」

「まずは、これがまことに贋物か否かを確かめるのが先じゃ。五味に調べてもらおう」

　それもそうだと、善衛門は納得する。

「一分判は、小判にくらべて作りが雑ですからな。多少の厚さの違いはござる。では、さっそく五味を呼びまする」

　善衛門がそう言って立ち上がった時、廊下の障子から、おかめ顔が覗《のぞ》いた。

「呼びました？」

　善衛門がぎょっとする。

「なんじゃ、来ておったのか」

「今来たばかりですよ。近くを通りかかったので、福千代君に風車をと思いましてね」

そう言って懐から青色の風車を出した五味は、さすがに奥向きへ行くのは遠慮して、信平に渡した。

「福千代も喜ぼう」

受け取った信平が、白い狩衣の袂《たもと》へ入れた。

五味は廊下に出て正座し、善衛門に問う顔を向ける。

「それで御隠居、それがしに何か御用で」

すると善衛門が、鼻を高くして伝える。

「言葉をつつしめ。わしは今日から、若君の守役じゃ」

「それはそれは、おめでとうございます」

五味は背中を丸めて頭を下げ、すぐに顔を上げた。

「で、御用とは何です?」

同心だけに、犯罪の匂いを嗅ぎつけているのか、善衛門を急《せ》かした。

頼母が廊下に出て、手の平を開いて見せる。

五味が覗き込む。

「一分?」

「これは贋物でござる」

頼母に言われて、五味が驚いた。

「まさか。これが贋物？」

つまんで自分の手の平に置き、首をかしげている五味に、信平が切り出す。

「贋物かどうかを、そなたに調べてもらいたいのだ」

五味が神妙な顔で承諾した。

「これが贋物と判明すれば、大ごとになりますぞ。どこで手に入れたのです」

「赤坂の足立屋だが、喜兵衛も知らぬことかもしれぬゆえ、慎重に頼む」

「分かりました。まずは、知り合いの彫金職人《ちょうきんしょくにん》に見せてみます。贋物と分かれば、あとはそれがしにおまかせください。出どころを探ります」

「よしなに頼む」

信平に応じた五味は、お初の顔を見ずに帰っていった。

信平は立ち上がった。

「殿、どちらにまいられる」

訊く善衛門に、信平は、五味にもらった風車を見せた。

善衛門が顔をほころばせて見送り、頼母に言う。

「頼母、もう一度、屋敷中の一分判を調べてみる必要があるな」

「はい」

「贋金が多ければ、領地の土地改修に響く。誰の仕業か知らぬが、これは恐ろしいことじゃ。世の中に多く出回っておれば、混乱するぞ」

「まことに。贋物をつかまされては御家の財政に響きます。当面は、一分判を扱うのは控えたほうがよろしゅうございましょう」

「うむ。さよういたそう」

善衛門と頼母は、二人で話し合い、金蔵《かねぐら》に籠もった。

蓄財の一分判を調べたところ、幸いにも、贋金は出てこなかった。

そのことを信平に報告した善衛門は、土地改修の費用を用意して佐吉に持たせ、この日の未明に、大海が待つ岩神村《いわかみむら》へ走らせた。

四

信平から贋金を預かった五味は、金座《きんざ》近くに住む小判師の彦左衛門《ひこざえもん》宅を訪ねた。

齢《よわい》七十になる彦左衛門は、長年金座に小判を納める職人をしていたのだが、今は引退して、楽隠居をしている。

昔からの知り合いだった五味は、以前にも、一分判の贋物が市中で見つかった時に彦左衛門を頼ったことがあったので、このたびも足を向けたのだ。

五味が渡した一分判を、彦左衛門は難しい顔で眺めた。

「どうだ。贋物か」

五味が訊くと、彦左衛門は白髪頭を指でかき、ひとつ長い息を吐いて、険しい顔をする。

「お前でも分からぬのか」

「ちょいと、お待ちを」

彦左衛門は弟子に命じて、秤《はかり》を持ってこさせた。

弟子によって台に置かれた秤の片方に、彦左衛門は慶長小判を一枚載せた。そして、一方には、自分が用意した一分判を四枚載せてみせる。

「旦那、見てください。慶長一分判の量目《りょうめ》（重量）は、四枚で慶長小判一枚分と合うように作られておりやす」

彦左衛門が言うとおり、天秤《てんびん》はぴたりと平衡《へいこう》に止まっている。

「なるほど。こうまで正確に作られているとは知らなかった」

五味はそう言って、感心した。

彦左衛門が、

「ところがです」

と、言い、一分判の一枚を抜き、五味が持ち込んだ一分判を載せた。

五味が驚いた。天秤は、先ほどと同じように、平衡で止まったのだ。

「贋金ではないのか？」

五味が訊くと、彦左衛門は一分判をつまみ、首を横に振る。

「こいつは、確かに贋物ですよ」

「どういうことだ」

「秤では、分別《ぶんべつ》できないということです。こいつは、職人でもよほど気をつけていなければ見分けがつかない」

「ところがな、触っただけで分かる者がおったのだ。ある御家で、勘定方をしている若い侍だ。厚みが違うそうだが、それがしはよう分からぬ。彦左衛門はどうだ。厚みの違いを見抜いたのであろう」

「はい」

「職人のお前さんたちや、金の扱いに慣れている者は分かるかもしれぬが、普通の者は、贋物かもしれぬと思って金を触らないだろうから、すぐに分かるものではないよな」

「おっしゃるとおり、よほど意識をしていなければ、分からないでしょうね」

彦左衛門はそう言うと、鏨《たがね》で贋金を打ち、二つに割った。

飛んだ贋金を拾い、厳しい目で見つめる。

「なるほど。旦那、こいつを見てください」

差し出された贋金の断面は、金の色とは言えぬほど、黒ずんでいた。

「こいつは、金ではないな」

「はい。中身は安物の鉛で、表面を鍍金《ときん》（メッキ）しています。微妙に厚いですが、先ほど申しましたように、よほど意識しないと分からないでしょう。こいつは、腕のいい職人の手による業物《わざもの》ですよ。価値は小判の十分の一、いや、それ以下でしょうか」

「そいつは、大儲けではないか」

「そういうことです」

彦左衛門は、贋金を五味の手に押し付けて渡し、厳しい顔で訊く。

「勘定方に、届けますか」

「いや。それはまだ早い。下手《へた》に騒げば、造った者が身を隠すかもしれぬので、このことは、内密に頼む」

「かしこまりました」

「世話になった。今度、一杯御馳走《ごちそう》する」

「へい」

酒に目がない彦左衛門は、にんまりと笑った。

彦左衛門の家を出た五味は、信平の屋敷に行く前に、足立屋に行った。信平の家の者が両替に足立屋を使っているのを知っている五味は、あるじの喜兵衛に訊けば、贋金がどこからきたか分かると思ったのだ。

赤坂に行った五味は、一人で足立屋の暖簾《のれん》を潜った。若い手代が、腰を折って歩み寄る。

「八丁堀《はっちょうぼり》の旦那、ご苦労様でございます。両替でございますか」

「いや、あるじにちと訊きたいことがあって来た。それがしは北町奉行所の五味だ。喜兵衛は在宅か」

「はい。ただいま呼んでまいりますので、少々お待ちを」

うなずいた五味は、板の間の上がり框《かまち》に腰かけた。

手代に呼ばれて、あるじの喜兵衛が奥から出てきて、五味にあいさつをした。番頭の助蔵《すけぞう》でございますと名乗った三十男が、喜兵衛の傍らに座り、気弱そうな笑みを浮かべた。

五味は、回りくどいことは言わずに、懐から二つに割った一分判を出して、二人に見せた。


「実はな、やんごとないお方からこいつを預かった。聞けば、この足立屋で両替をした金にまじっていたそうだ。言わずとも分かるな」

問う五味は、喜兵衛と助蔵の表情の移り変わりを探った。

珍しい物を見る顔をした助蔵が、五味の手から一分判の片割れをつまみ、自分の手に置いてじっと見つめていたが、表情を険しくした。

「これは、贋物でございますか」

「他人事《ひとごと》のように言うな。この店から出たのだぞ」

五味の厳しい声に助蔵が平あやまりして、贋の一分判をあるじに渡した。

「旦那様、お客様が持って来られたお金の中にまじっていたのでしょうか」

助蔵に言われて、喜兵衛は贋金を見て渋い顔をする。

「そうとしか考えられないね。五味様、いかがいたしましょうか」

「一分判ばかりたくさん持って来た客はいないいか」

「おりません」

喜兵衛は、助蔵に確かめることなく即答した。

そのことが気になった五味は、喜兵衛の顔をじっと見て問う。

「ほんとうか」

「はい。確かでございます」

喜兵衛は、顔色ひとつ変えない。

五味は、そうかと納得し、二人に告げる。

「贋金は、本物と見分けがつきにくいほどうまく造られている。金の扱いに慣れているお前たちでも見逃しているかもしれぬので、他にまじっていないか確かめてくれ」

「今でございますか」

両替に来ていた客たちが不安そうな顔で見ていることに気付いた五味は、一旦両替を止めさせた。

「贋金はよくできているが、微妙に厚い。意識して触れば分かるはずだ。客に渡す前に、店にあるすべての一分判を調べてくれ」

「かしこまりました」

応じた喜兵衛が、店の者たちに言いつけて一分判を集め、一枚ずつ確かめた。

不安になった客が、持っていた一分判を出して、店の者に確かめてくれと頼み、足立屋は一時、騒然となった。

そして、半日かかってすべての一分判を調べたところ、贋金は見つからなかった。

「やはり、客が持っていたものが偶然まじっていたか。たった一枚では、誰が持って来たか分からぬな」

五味が不服そうにこぼすと、喜兵衛が神妙な顔でうなずく。

五味は、出所を突き止められずに肩を落とした。

「手間を取らせた。今日のところは帰るが、市中に贋金が出回っていることは確かだ。一分判の扱いには、気をつけてくれ。もし贋金を持って来た者がいたら、引き止めておいてすぐ知らせてくれ」

「かしこまりました」

「頼んだぜ」

五味がそう言って店を出ようとした時、

「あの、五味様」

喜兵衛に声をかけられた。

見送りをしていた手代と共に、五味が振り返ると、喜兵衛は顔色を青くして何か言いたげな顔をしていた。

「どうした」

「い、いえ。なんでもございません」

「何か言いたいことがあったんだろう。言ってみな」

「贋金が私どもからお客様の手に渡ったことで、お咎めがあるのか心配になったのでございます」

咄嗟に出た言葉のように思えた五味は、

「それはないだろうが、言いたかったのは、ほんとうにそのことか」

鋭い目を向ける。

五味は、何かある、と、直感したのだ。

だが、喜兵衛は安堵の顔をして、それだけだと言い切った。

「ご苦労様でございました」

そう言って頭を下げたので、五味は深く追及せず、店から出た。通りを歩み、辻を曲がったところで立ち止まり、乾物屋《かんぶつや》の角から足立屋の様子をそっとうかがった。すると、送って出ていた若い手代が店に戻る横顔が見えたのだが、その目つき顔つきは、五味に対するのとは人が変わったように、悪人面になっていた。

「ちと、調べてみるか」

そう独りごちた五味は、日頃面倒をみている御用聞きの金造《きんぞう》宅へ向かった。

五

店に戻った手代の庄吉《しょうきち》に、喜兵衛が奥へ行くよう促した。

番頭の助蔵に店をまかせた喜兵衛が立ち上がり、落ち着きなく奥の部屋に行き、庄吉を迎え入れて障子を閉めた。そして、泣きそうな顔で言う。

「町方に目をつけられたかもしれない。もうこれ以上は無理だ」

すると、鼻で笑った庄吉が、余裕の色を浮かべた。

「恐れることはない。ばれたのはたったの一枚だ。どうとでも言いわけはできる」

「しかし、蟻《あり》の一穴《いっけつ》って言うじゃないか。今田屋の旦那様には暖簾分けしていただいた御恩があるが、もうだめだ。残りの金は、すべて持って帰ってくれ。な、頼むよ庄吉さん」

すると庄吉が、顔に怒気を浮かべた。

「おめぇ、おれがなんのためにここへ入り込んでいると思ってやがる。旦那様が、おめぇが怖気《おじけ》づきゃしないか心配していなさったからだ。いいか、この仕事はな、最後までやり遂《と》げればたっぷり儲けられるが、裏切りやがると、あの世行きだぜ」

「裏切ったりはしない。このことは誰にも言わないよ。あたしはね、まっとうな商売がしたいだけなんだ。今田屋の旦那様には恩があるが、まさか、贋金を扱う人とは思いもしなかった。町方の旦那は、今日は大人しく帰ったが、目をつけられているに決まっているから、お調べで踏み込まれたりしたら、隠しようがない。そう思わないかい」

喜兵衛の必死の訴えに、庄吉は腕組みをして考えた。

「あの間抜け面の同心が嗅ぎつけているとは思えないが、まあ、確かにあんたの言うとおりだ。蔵に残っている贋金をさばいたら、ここことは縁を切るよう旦那様に言ってやろう」

「残っているのをさばいたらって……」

躊躇う喜兵衛に、庄吉が苛立った。

「おめぇ、ガキのことを忘れたのか」

庄吉に言われて、喜兵衛は、恨めしげな顔を向けた。金五郎から二万両に相当する贋物の一分判を押し付けられた時、息子の太郎《たろう》を人質に取られているのだ。

「分かっているよ」

「まあ、そうびくびくしなさんな。贋金のことは、いざとなれば、次期老中様がなんとでもしてくださる。町方など、どうにでもなるってことよ。可愛い子供のために、励むことだ」

金五郎の身内《みうち》である庄吉は、喜兵衛の肩をたたいてそう伝えると、隣の部屋の襖を開けた。軟禁されている喜兵衛の妻が、怯えた顔を向ける。

「ことがすめば、子供は生きて帰ってくる。また親子三人で暮らせるからよ、しっかり働きな」

庄吉は夫婦に言い、部屋から出ていった。

廊下の障子を閉めた庄吉は、店に行くと、帳場に座っている助蔵の背後に座り、耳打ちをした。

振り向いた助蔵が、

「そいつはほんとうかい」

と、声音を低くする。

庄吉はうなずいた。

「喜兵衛の奴は尻尾《しっぽ》を巻いてやがる。ガキを預かっているから奉行所に駆け込みやしないだろうが、念のために見張れ。妙な真似をしやがったら、ここの連中を皆殺しにして、店に火をかけろ」

助蔵は黙って従った。

奥の部屋では、喜兵衛が妻の前でうな垂れている。

「こんなことになって、ほんとうにすまない」

幼い頃から今田屋に奉公していた喜兵衛は、あるじ金五郎が悪事に手を染めていることなど露《つゆ》ほども知らずに、まじめに働いていた。

金五郎の表の顔は、優しくて奉公人思いの好人物で通っていたので、喜兵衛は、番頭に上がってすぐ、大番頭の恒蔵《つねぞう》を差し置いて暖簾分けの話が出た時は、大喜びで受けた。

以来八年。この赤坂に店を構え、まじめ一筋で商いをしてきた。苦労はあったが、その甲斐あって、多くの客から信頼され、身代《しんだい》は大きくなっていた。

店を出すのと時を同じくして妻を娶《めと》った喜兵衛は、すぐに子宝にも恵まれて、順風《じゆんぷう》満帆《まんぱん》の暮らしをしていたのだ。

恩ある金五郎には、時節のあいさつも怠《おこた》らず、尊敬していた。しかし、そんな喜兵衛の気持ちを、金五郎は裏切ったのだ。

金五郎だけではない。頼りにしていた番頭の助蔵も、大切な奉公人だと思っていた庄吉も、初めから金五郎の言いつけで店に入り込み、じっと、この時を待っていたのだ。

息子の太郎を人質に取られ、悲しみの涙を流す妻に詫びた喜兵衛は、悲愴な面持ちで部屋を出て、金蔵に入った。

金五郎からさばけと命じられた贋の一分判を入れた箱を開けた喜兵衛は、悪事に加担することに良心の呵責《かしやく》を覚え、贋金をつかんで床にぶちまけ、頭を抱えてうずくまった。

奉行所に自訴《じそ》しようかという考えが浮かんだが、すぐに、太郎の顔が脳裏を一閃し、思いとどまった。

「くそ！」

悔しさを込めた拳を箱にぶつけて、うな垂れる喜兵衛であったが、可愛い息子を取り戻すためには、金五郎に従うしかない。意を決した喜兵衛は、贋金が詰まった箱を持ち出して、店に運んだのだが、庄吉の怒鳴り声に足を止めた。

庄吉がこちらに目を向けたので、喜兵衛は咄嗟に身を隠した。そっと、廊下の角から覗くと、庄吉は、金五郎の手下の三治《さんじ》という男と助蔵と三人で、険しい顔で話をしている。

町奉行所に何か動きがあったのではないかと勘ぐった喜兵衛は、贋金が見つかったら大ごとだと思い、蔵に隠すために急いで引き返そうとしてうっかり柱にぶつかり、箱を落としてしまった。

廊下に派手な音が響き、顔を向けた助蔵が舌打ちをした。

庄吉が跳んできて、廊下に散らばった贋金を見て驚いた。

「何してやがる！」

「店に出そうとして落としてしまっただけさ」

そう誤魔化《ごまか》して拾い集める喜兵衛に、

「ったく、しょうがねぇ野郎だな」

庄吉は面倒そうに言いつつも、手伝った。

その庄吉に、喜兵衛がさりげなく訊く。

「何か、あったのかい」

すると庄吉が、一瞬だけ手を止めた。

「何もありゃしねぇよ」

明らかに動揺しているふうだったが、喜兵衛には、それ以上訊く度胸はなかった。

この時、人質として奪われていた太郎が、世話と監視を兼ねていた女が酒を飲み、三治と裸で絡み合っている隙に、逃げだしていたのだ。

何も知らない喜兵衛は、庄吉に言われるまま贋金を店に持って行き、助蔵があるじのように座っている帳場の後ろに置いた。

助蔵は、渋い顔で贋金をつかんで銭箱に投げ入れ、帳場に並べていた小判の包みを十二個ほど手提げ袋に入れた。今朝から換金した一部の三百両だ。

「旦那様に今日のあがりを渡してくる」

助蔵は当然のように言うが、こうして小判を持って行かれるため、足立屋の金蔵は、贋金ばかりで、本物の小判はほとんど入っていない。

茫然《ぼうぜん》として見ている喜兵衛のことを、助蔵は鼻先で笑うような馬鹿にした顔で見て、一人で表に向かう。助蔵は、店から出る前に立ち止まり、見送る三治に鋭い目を向けた。

「三治、早く捜さねぇか」

助蔵が不機嫌になると、頭を下げていた三治は恐怖に満ちた顔を上げて、店から飛び出して行った。

入れ替わりに客が来た。

助蔵は、先ほどとは別人のようになり、柔和な顔でいらっしゃいましと言って頭を下げ、庄吉に引き渡すと、出かけて行った。

中年の客は、喜兵衛が初めて見る顔だった。

忙しそうな素振りを見せる男は、日に焼けた顔をして、旅装束を纏《まと》っている。

「すまねぇが、銀を一分判十枚と、残りは銭に交換してくれ」

革袋の紐《ひも》を解《ほど》き、板の間に銀を無造作に出した男は、金造親分がよこした者だった。

普段は赤坂の長屋に籠もって簪《かんざし》を作っている男だが、金造が声をかければ、急ぎの仕事があっても手先となって動く。簪職人でありながら、町中を走り回ることが多いので、日に焼けているのだ。

五味から話を聞いた金造は、

「旦那、そいつは匂いますぜ」

と、応じ、すぐさま手先を使って探りをかけたのだ。

かくして喜兵衛は、客が岡っ引きの金造親分の手先だとは思いもせずに、贋金を渡してしまったのである。

六

この日、善衛門と外出をしていた信平は、日が西にかたむいた頃になって、赤坂に戻ってきた。

大勢の人が行き交う町中の道を歩んでいたのだが、大名家の屋敷が並ぶ通りに入ると、嘘のように人気が減り、静かになる。

もうすぐ信平の屋敷の土塀が見えてくるという時、辻灯籠の後ろに子供が座っているのが目に止まり、信平は歩みを止めた。

まだ幼い男児が膝を抱えて座り、顔を両足にうずめてじっとしている姿は、何かに怯えているように見えた。

案じた信平が歩み寄ると、男児ははっとした顔を上げて、慌てて逃げようとした。

信平は腕をつかみ、

「案ずるな。何もせぬ」

優しく声をかけた。

すると、逃げるのをやめた男児の目に、みるみる涙が浮き、ついには、大声で泣きだした。

信平は、男児の頭をなでてやり、抱き上げた。

「親とはぐれたのか」

善衛門が訊くと、男児は泣きながら、首を横に振る。信平の腕に抱かれる子の身体は汗臭く、足は裸足《はだし》で汚れていた。

「殿」

この姿を見た善衛門が、信平に、尋常ではない、という目顔を向ける。

信平は、男児を落ち着かせるために、狩衣の袂から紙袋を出した。中には飴《あめ》が入っている。京橋《きょうばし》の店で買い求めたものだ。

飴を出してやると、男児はしゃくりあげながら、飴をにぎった。

「何も怖いことはないぞ。ひとまず、共に来なさい」

信平は言い、男児を屋敷に連れて帰った。

屋敷に着く頃には、男児は泣きやんでいて、信平が与えた飴を黙って舐めていた。

門番の八平《やへい》が、信平が子を抱いて帰ったので目を白黒させ、善衛門に問う。

「どこで拾いなすったので」

「すぐそこの辻灯籠のところじゃ」

「へへぇ」

「迷子《まよいご》であれば良いのじゃが」

捨て子と分かれば、信平は間違いなく引き取るというはず。

善衛門は、誰の子か分からぬ者を育てることを、案じているのである。

信平は善衛門の声を背中で聞きながら屋敷に入り、出迎えた松姫に子を見せた。

「辻灯籠の後ろに隠れて怯えていたのじゃ」

「可哀《かわい》そうに」

「親が見つかるまで、預かることにいたした」

「はい」

松姫が笑顔で応じたので、信平が子を下ろそうとすると、

「お待ちを」

竹島糸が止めた。

「お足が汚れていますので、わたくしが預かります」

そう言うと子を抱き取り、外に下ろした。

「さ、まいりましょう」

糸が男児と手をつないで裏手に連れて行ったので、信平は、狐丸を松姫に渡して、

式台《しきだい》に上がった。

糸から男児を引き継いだ下女たちが身綺麗にしてやり、お初が食事の世話をした。

男児は、知らぬ屋敷に連れて来られ、女たちに囲まれて戸惑い、不安そうな顔をしている。板の間にちんまりと座ったまま黙り込み、出された食事にも手をつけなかった。

「坊や、お食べ」

お初は、お初なりに優しく接している。

男児は、忍びであるお初の顔つきが恐ろしいのか、怯えた顔を向ける。

お初が、唇だけに作った笑みを浮かべると、男児は目をそらし、またうつむいてしまった。

共に世話をしていた佐吉の妻国代《くによ》が、お初と顔を合わせて微笑む。

「ここはおまかせを」

国代は微笑み、男児に顔を向けた。

「心細かったでしょう。何か、怖い目に遭《あ》ったの？」

男児は、初めは黙っていたのだが、国代の優しさに触れて次第に落ち着きを取り戻し、国代がすすめると、食事を食べはじめた。

腹がいっぱいになる頃には気を許した様子だったので、お初が名と、どこから来たのか訊《たず》ねた。

すると男児は、ちらりとお初を見て、

「太郎」

と、ぼそりと名を言い、すぐにうつむいて、

「おうちに帰りたい」

と、泣き声で答えた。

「坊や、いくつなの」

国代が訊くと、太郎は六つだと答えた。

「着ていたものは上等な生地だから、商家の子供のはず」

お初が国代に言い、太郎に顔を向けた。

「坊や、おうちは、お店かなにかをしているの?」

太郎がこくりとうなずく。

「お店の名前、言える?」

代わって国代が訊くと、太郎は国代に顔を向けた。

「足立屋です」

親の躾《しつけ》が良いらしい。太郎は、泣きべそをかいてはいるものの、素性を教えてくれた。

足立屋と聞いたお初は、国代に太郎をまかせ、急いで信平に知らせに行った。

話を聞いた信平は、太郎が食事を終えたら連れてくるように伝えた。

程なく、お初が手を引いて太郎を連れて来た。下座に正座した太郎に歩み寄った信平は、正面に座り、何ゆえ辻灯籠の後ろに隠れていたのか訊ねると、太郎は、怖い目に遭ったのを思い出したのか、目に涙を浮かべた。

「案ずるな。きっと助けるゆえ、言うてみなさい」

信平が促すと、太郎は涙を拭いながら話した。

それによると、店の手代に連れられて、怖いおばさんがいる家に連れて行かれたという。長いあいだ、知らない家にとめ置かれた太郎は、母親に会いたい一心で、隙を見て逃げ出したのだが、途中で道に迷ってしまい、薄暗くなりはじめて心細くなり、辻灯籠の後ろに隠れていたのだ。

太郎から話を聞いた信平は、鈴蔵に命じて、五味を呼びに走らせた。

五味が信平の屋敷に来たのは、夜も更けてからだった。

贋金のことを探っていた五味は、信平から足立屋の子のことを聞き、考える顔をした。

「手代の目つき顔つきが気になっていましたが、そういうことでしたか」

五味はそう言って、懐から贋金を出し、信平に見せた。

「金造の手先の者が、足立屋で手に入れたものです。念のため調べたところ、十枚すべて、贋物でした。両替に行った手先の話では、あるじ喜兵衛が何かに怯えているように思えたそうなのですが、今の今、合点《がてん》がいきました。あるじ喜兵衛は、子を人質に取られて脅されていますよきっと」

「贋金を造る黒幕が、両替屋を脅して小判と替えさせている。そういうことか」

信平の推測に、五味がうなずく。

「明日の朝一番で足立屋に行き、喜兵衛を問い詰めてみましょう。喜兵衛が白状して黒幕が分かれば、お奉行に申し上げて捕らえます。信平殿、此度《こたび》は奉行所におまかせください。喜兵衛がどのようなことになるか分かりませんが、しばらく子を頼みます」

「承知した」

「では」

五味が立ち上がったので帰るのかと思いきや、廊下に首を伸ばして様子をうかがい、戻ってきた。そして、おかめ顔で信平に願う。

「何か、食わせてもらえませんか。腹がぺこぺこでして」

善衛門が呆れて、

「待っておれ」

そう言って立ち上がると、台所に行った。

善衛門がすぐに戻ってきて、台所に行けと言うので、五味は信平に頭を下げて、台所の板の間に座った。

すでに夜も更けていたが、お初が手早くにぎり飯を作り、ねぎと油揚げの味噌汁を添えて出してくれた。

「これはこれは」

五味が喜んで、味噌汁をすすり、大声をあげた。

「旨い！」

「お静かに」

お初は、隣の部屋で太郎が眠っていると小声で言い、不機嫌な息を吐く。

その様子を見ていた善衛門が、信平の前に座り、ふふ、と笑って口にする。

「お初は、案外良い妻になるやもしれませぬな。殿が五味を呼びに鈴蔵を走らせたと聞いて、腹をすかせて来ると思うたのでしょう。味噌汁をこしらえていたようですぞ」

「二人は、夫婦になる気があるのか」

信平が訊いた時、

「馬鹿！」

と、何があったのか、お初が怒る声がした。

善衛門が襖を開けて覗き、信平に言う。

「殿、当分なさそうですな」

信平は、苦笑いを浮かべた。

七

翌朝、足立屋が開くのを待っていた五味は、丁稚《でっち》が戸を開けるとすぐに、店に入った。

「朝早くからすまんが、あるじ喜兵衛に話がある」

町方同心らしく、威厳を含んだ声音で伝える五味であるが、左の頬には、お初に平手を見舞われた痕《あと》が赤く張り付いている。

にぎり飯を口に運ぼうとした手をうっかり滑らせてしまい、落とすまいと手玉のようにしている時に、お初の胸に手が当たってしまったのだ。

喜兵衛を待ちながら、そのことを思い出した五味は、お初の胸に当たった手を眺めて鼻を膨らませた。

「見た目では分からぬものだ」

などと言い、にやついているところへ、喜兵衛が現れた。

咳ばらいをして真面目な顔をした五味は、不安そうな顔をする喜兵衛を誘う。

「ちと、訊きたいことがある。店では商売の邪魔だろうから、外に出ようか」

すると、番頭の助蔵がすかさず口を開く。

「外なんて御冗談を。どうぞお上がりくださいまし。茶菓をお出ししますので、奥の部屋へどうぞ」

「いやいや、気遣い無用だ。それがしはまだ朝飯も食べておらんのでな、そこの角の店で飯を食べながら話をしたいのだ。先に行っているから来てくれ」

五味はそう言って店から出ると、通りの角にある一膳めし屋に入った。

味噌汁と菜飯を頼んだところで、喜兵衛が入ってきた。

「まあ座ってくれ」

五味が示した長床几《ながしょうぎ》は、店の一番奥の、外からは見えない場所だ。近くに客が座っているが、一人は金造、あとの二人は金造の手先で、他の客が近づけないようにしている。

相変わらず不安そうな顔の喜兵衛が座ると、五味は小声を発する。

「お前、脅されているな」

ずばり問われて、喜兵衛は餅《もち》を喉に詰まらせたような顔をして、頬を引きつらせた。

「太郎、だったな、可愛い一粒種《ひとつぶだね》の名は」

「は、はい」

「贋金を小判に替えなければ、子を殺すとでも言われているのか」

「………」

喜兵衛は玉の汗を浮かべて、震えはじめた。

「正直に言えば、御上《おかみ》のご慈悲もある。安心しろ、太郎は今、我らが預かっている」

五味の言葉に、喜兵衛が瞠目《どうもく》した。

「だ、旦那、ほんとうですか」

「嘘じゃない。こいつが証だ」

五味は金造から風呂敷《ふろしき》包みを受け取り、信平から預かった太郎の着物を見せた。

白い木馬《もくば》が染め抜いてある紺《こん》の着物を見て、喜兵衛は歓喜の声をあげて手に取った。

五味が、喜兵衛の肩をたたいて促す。

「何もかも言ってしまえ。お前たちのことは、御上が必ず守る」

「ほ、ほんとうでございますか。ほんとうに、守っていただけるのですか」

「約束するとも。安心しな」

五味の力強い言葉を信じた喜兵衛は、今田屋金五郎に頼まれてしたことだと言った。

一分判が多すぎて困っている、少し引き取ってくれないかと願う金五郎の言葉を信じて疑わなかった喜兵衛は、言われるまま、今日まで合わせて三万両ほどの一分判を預かってしまったという。

五味は、とんでもない大金に目をぐるりと回した。

「何が少しだ、ばか野郎」

「申しわけございません」

「お前は知らずに預かったことだ。子を取られて脅されたのなら、ご慈悲はある」

五味の言葉に、喜兵衛は安堵した。

そんな喜兵衛に、五味は告げる。

「まだ安心するのは早いぞ。金五郎の手下が店に入り込んでいるとなると、こちらの動きが知れたら何をするか分からぬ」

「どうすればいいでしょう」

「手下は二人なんだな」

「はい」

「下手に手を出して金五郎に知られたら、証を消される恐れがある。恐ろしいだろうが、もうしばらく、このままでいてくれ」

「しかし、これでは贋金が世に出回ってしまいます」

「贋金を扱わせているのはお前のとこだけじゃないはずだ。金五郎の息がかかった店は、他に何軒あるのだ」

「芝口の街道沿いにも、一軒ございます」

「名は」

「三笠屋《みかさや》でございます」

「金造、調べてくれ」

「がってんだ」

金造が、手先を連れて裏から出ていった。

五味が喜兵衛に切り出す。

「番頭たちには、金を貸せと言われたとでも言って誤魔化せ」

奉行所からお達しがあるまで、これまでどおりの暮らしをすることを喜兵衛に約束させ、帰らせた。

店で帰りを待っていた庄吉と助蔵が、

「何を訊かれた」

と、問い質したが、喜兵衛は、いつものように怯えきった顔で口を開く。

「贋金は他にも見つかっていないか。そればかり訊かれたが、それは口実だったよ」

「何だってんだ」

訊く庄吉に、五味に言われたとおりのことを言おうとした時、喜兵衛の首にひやりと冷たい大刀が当てられた。

う、と息を呑む喜兵衛の背後に、鋭い目つきの男が立っている。守山肥前守の屋敷で小姓を斬殺した、金五郎の用心棒だ。

「な、何をする」

「黙って女房と共に今田屋に来い。今からこの店は、助蔵、お前が取り仕切れと旦那からの言伝《ことづて》だ」

助蔵が応じながらも、理由を訊いた。

すると用心棒は、嚙《か》んでいた楊枝《ようじ》を吹き捨てて、薄笑いを浮かべた。

「貴様、三治の奴がしくじったことを黙っていただろう」

「うっ」

「つまらねぇ同情などしおったこと、旦那はお怒りだ。それがどういうことか、言わずとも分かるな」

助蔵が、怯えきった顔で空唾を飲む。

「ど、どうなるのですか」

喜兵衛が訊くと、用心棒は喜兵衛を突き放して、刀の切っ先を助蔵に向けた。

「三治と女は、この刀の錆《さび》となった。二人とも今頃は、魚の餌《えさ》になっておろう」

愕然とする喜兵衛の横で、助蔵と庄吉が真っ青な顔をして両手をついた。

その二人に、用心棒が告げる。

「黙っていたことは、今回はお許しになるそうだ。次はないと思え」

用心棒は助蔵にそう言いつけると、刀を鞘に納めて喜兵衛を連れて奥へ行った。

用心棒は喜兵衛と女房を縛り上げ、猿ぐつわを噛まして裏の木戸から出し、待たせていた駕籠に押し込み、今田屋に連れて行った。

そうとは知らぬ五味は、北町奉行所に駆け戻り、町奉行村越長門守《むらこしながとのかみ》の部屋に入るなり、あいさつもそこそこに言上《ごんじょう》した。

贋金が出回っていることを知った村越は、天下の一大事だと憂えたのだが、五味が、今から黒幕の今田屋金五郎を捕らえる許しを願うや、態度を豹変《ひょうへん》させた。

「今、なんと申した」

村越に訊き返されて、五味は膝を進めて大声をあげた。

「ですから、今田屋金五郎が贋金造りの元凶《がんきょう》です」

「それはまずい。まずいぞ」

「はい、まずいです」

「今田屋はまずいと言っておるのだ」

「はあ？」

五味が、何がまずいのか問う顔を向けた。すると村越が、部屋の中を落ち着きなく歩き回り、五味に口を開く。

「今田屋金五郎は、次期老中がほぼお決まりの守山肥前守様と関わりが深い。下手に手出しできぬ」

「お奉行、本気でおっしゃっておられるのですか」

五味が詰め寄ると、村越は、煙たそうな顔をした。五味が信平と昵懇《じっこん》の間柄なのを知っているだけに、強気な態度を嫌ったのだ。

腰を引く村越に、五味が不服を漏らす。

「次期老中は、まだ老中ではございませぬ。なんの遠慮がいりましょうや」

「そう申すな。わしとて、何も知らずに言うておるのではない。今田屋はの、幕閣の方々にも金をばらまき、大奥《おおおく》にも顔が利くほどの者じゃ。肥前守様は、今田屋の金で、今の地位までのし上がったとも言われておる。その金づるを、確たる証もないのに締め上げてみよ、わしの首が飛ぶどころか、おぬしも危ういのだぞ」

五味は、そんな脅しには屈しなかった。

「証はございます。今田屋に子を攫《さら》われて脅された者が、今田屋の悪事を明かしました」

「誰だ、その者は」

「赤坂の両替屋、足立屋喜兵衛でございます」

「確かなのか、その者が申すことは」

「はい。確かです。攫われた足立屋の子は今、信平殿が匿《かくま》っておられます」

村越は目を見張り、唸《うな》りながら考える顔をした。そして程なく、ため息まじりにこぼす。

「今田屋には、手出しできぬ」

五味は、その言葉に驚いた。

「お奉行は、このまま見逃せとおっしゃるのですか」

「そうは言うとらん。今田屋を罰することができるのは、あのお方、しかおるまい」

言葉に出さず、信平を頼れと逃げる村越の気弱に呆れた五味は、頭を下げもせずに奉行の前から辞すると、廊下を歩んだ。

ふがいない奉行に腹が立ち、

「腰抜けめ」

と、吐き捨てて、廊下に干してあった盥《たらい》を蹴飛ばした。

景気よく飛ぶはずの盥は、思ったより重かった。

「痛《い》ったたった！」

足を抱える五味の目に、涙が浮かぶ。

悪人を捕らえられない悔しさと足の痛みに、五味の顔は歪《ゆが》みに歪み、思わず声が出る。

しばらくして痛みが治まったので、大きな息を吐いた五味は、気を落ち着かせて空を見上げた。

「信平殿のところに行くか」

ぼそりとこぼすと、足を引きずって廊下を歩んだ。

八

「ご老中様、眺めはいかがでございますか」

金五郎に言われて、重俊は目を背けた。

「よさぬか、まだ老中ではない」

そう言う重俊の茶室には、黄金に輝く小判が詰め込まれた千両箱が置かれている。

おもむろに、小判を手に取った重俊が、ほくそ笑む。

「まあ、この色は、目に良いものであるな」

「はい」

含んだ笑みを浮かべた金五郎が、重俊に媚《こ》びを売る。

「おかげさまで、儲けさせていただいております。明日にでも、お約束の十万両の半金、五万両をお納めいたします。贋金をすべてさばきましたら、残りの五万両をお届けに上がります」

重俊が、まんざらでもない顔を向けた。

「さようか。では、わしが老中になったあかつきには上様に献上して、城の修復でもいたすか。さすれば、市中の者どもも潤うであろう」

「それは良いお考え。そうなれば、我らは、景気を良くする手助けをしているということになりますな」

「あまり、派手にするでないぞ。金は生物と同じじゃ。市中にあふれてしまうと価値が下がり、腐ってしまうからの」

「こころえました。今後とも、どうぞよしなに」

「うむ」

重俊は、小判の山を見て気が変わったらしく、金五郎が小姓を殺《あや》めたことなど、まるでなかったように接した。そのうえで、抜かりのない顔を向ける。

「今田屋、くれぐれも、身辺には気をつけよ。藩邸の森で贋金を造っていることが露見いたせば、わしの老中就任は露と消える。よいか、よいな」

「どうぞ、ご安心を。心配の種は、今宵断ち切りますので」

「心配の種だと？　なんじゃやそれは」

「はは、たいしたことではございませぬ。暖簾分けした小者を、あの世に送るだけでございますから」

金五郎は、抹茶《まっちゃ》が残っている茶碗《ちゃわん》を持つと、耳に付く音を立ててすすり、

「結構な、お点前《てまえ》でございました」

薄笑いを浮かべて頭を下げると、茶室から出て帰った。

「下品な奴め」

不機嫌を声に出した重俊は、控えている家老の木村の膝下に、茶碗を投げ転がした。

「捨てておけ」

「はは」

「上様から、明後日《あさって》に登城せよとのお達しがあった」

「では、いよいよでございますな」

「うむ。老中になるからには、筆頭を狙う。それには、もっともっと金がいる。金五

郎を利用して大金をつかみ取り、筆頭老中に昇ってやるぞ」

「おそれながら殿、老中におなりあそばせば、金五郎なるものは無用かと。贋金造りに関わっていることが上様の耳に届けば、御家の一大事。早々に、口を塞ぐのがよろしいかと」

「まだ早い。十万両、いや、二十万両ほど手に入れてからじゃ。金五郎のような者は、うまく使えば得をする。この金の山を見ろ。草木しかない藩邸の森から、黙っていても五万両という大金が出たのだ。金五郎の奴は、八年前の贋金のことをばらすと申してわしを脅してきおったが、ふふ、逆に利用してやる。金をたっぷり手に入れたあかつきには、口を塞いで、この森の肥やしにしてくれる」

「それは、良いお考えかと」

悪人面に変貌した木村は、障子から外に顔を出し、金五郎が使った茶碗を石にたたきつけて割った。

そうとは知らず、上々の気分で今田屋に戻った金五郎は、用心棒が捕らえてきた喜兵衛と女房の前に立ち、不気味な顔で見下ろした。

縛られている喜兵衛が、恨みを込めた目を向けるのに薄笑いで応じた金五郎が、隣にいる喜兵衛の妻の顔に手を伸ばして、顎をつかんだ。

「前から思っていたが、喜兵衛、お前にはもったいない器量よしだな。子が逃げてしまったからには、お前たちを生かしてはおけないんだ。店は、助蔵と庄吉が綺麗さっぱりあと始末をすることになっている。悪く思うなよ」

猿ぐつわを嚙まされている喜兵衛が、悔しさに呻き声をあげた。妻は、恐怖に顔を引きつらせ、声も出ないようだ。

妻の顎から手を離して立ち上がった金五郎が、二人に背を向け、用心棒に告げる。

「苦しまないように、頼みますよ」

「こころえた」

応じた用心棒が、金五郎の手下どもに顎を振る。

庭に引きずり降ろされた喜兵衛と女房が、死の恐怖に悲鳴をあげた。その背後に立った用心棒が、すらりと抜刀し、首を刎ねるために刀を振り上げた、その刹那、手首に手裏剣《しゆりけん》が突き刺さった。

「うっ」

激痛に顔をしかめた用心棒が、手裏剣を抜き、投げ捨てる。

「何奴だ！」

叫んだその時、黒装束を纏った鈴蔵とお初が屋根から飛び降り、喜兵衛夫婦を連れて離れた。

「おのれ」

用心棒が追おうとした時、表に通じる廊下が騒がしくなり、金五郎の手下たちが後ずさりしてきた。その者たちが目を向ける先から、善衛門と佐吉が現れ、続いて、白い狩衣姿の信平が悠然と歩んで来る。

手下の浪人が、部屋の中から信平に突きかかったが、佐吉が手首をつかんで止め、庭に捻り飛ばした。

別の浪人が信平に斬りかかるが、信平は、相手を見もせずに切っ先をかわし、すかさず手刀で首の後ろを打ち、気絶させた。

庭に突っ伏す浪人を見て、金五郎の手下たちがどよめき、信平から離れた。

「お前たち何をしている。妙な格好をした若造など、やっちまえ！」

金五郎が怒鳴ると、用心棒が前に出た。痛めた手首をものともせず、刀を正眼に構える。

「どう！」

袈裟《けさ》懸《が》けに斬り下げられた刀を、信平は狐丸を抜刀し、片手で弾き返した。

「うっ」

信平の剣気に押された用心棒は、正眼に構えて応じ、落ち着きなく八双《はっそう》に転じる。

信平が、狐丸を峰に返すのを見るや、手下どもが勢いづいて斬りかかった。

だが、信平は怪鳥のごとく狩衣を翻《ひるがえ》して応戦し、それこそ、瞬きをする間もなく、五人の手下を打倒した。

「たあ！」

信平の隙を突いた用心棒が、猛然と斬りかかる。

信平は一撃をかわし、狐丸で背中を打ちすえた。

激痛に背を反らせた用心棒が、息ができぬ苦しみの声をあげて倒れ、気絶した。

そこへ、信平に同道していた五味が、店の者どもを押し切って現れ、腰を抜かし、半分気を失いかけている金五郎に十手を突き付ける。

「金五郎！　貴様の悪事もこれまでだ！」

「な、何を、言いやがる」

金五郎を睨んだ五味が、金造親分を呼んだ。

「連れてこい！」

「へい！」

応じた金造が、縄をかけられた助蔵と庄吉を連れて来て、金五郎の前に押し倒した。

往生際《おうじょうぎわ》の悪い金五郎に、五味が勝ち誇った顔で伝える。

「こいつらが、お前の悪事をすべて吐露《とろ》した。あきらめろ」

「ふん、町方風情が何をぬかしやがる。このわしに手を出したらどうなるか、後悔させてやるからな」

「守山肥前守が、助けてくれると申すか」

信平が返すと、金五郎が睨み、鼻で笑う。

「どこの誰だか知らねぇが、分かっているなら大人しく帰りやがれ。さもなくば、あとでその首が跳ぶぜ」

「悪事に加担した肥前守に、もはやその力はない」

「そうかい。だったら名乗りな。肥前守様に申し上げて、てめぇの首を刎ねていただくからよう」

「ええい黙れ！　この無礼者め！」

怒鳴ったのは善衛門だ。

「善衛門、よい」

信平が善衛門を制し、金五郎に告げる。

「麿の名は、鷹司松平信平じゃ」

将軍家縁者の信平の名を知っていた金五郎は、ひっ、と声をあげ、顔が見る間に、悲愴に満ちていく。

「そ、そんな馬鹿な。嘘だ。嘘に決まっている」

怯える金五郎に、五味が伝える。

「それが、嘘ではないんだな。なあ、喜兵衛」

喜兵衛が、悲しげな顔を金五郎に向けた。

「旦那様、ほんとうでございますよ。わたしは旦那様を親のように思っていたのに、どうしてこんなことを」

「く……」

金五郎が顔を背けて、肩を落とした。

「お、おそれいりました」

崩れるように両手をつき、信平に頭を下げる。

五味が、自身番《じしんばん》から連れて来た町役人《ちようやくにん》たちに命じて金五郎に縄をかけ、大番屋に引っ張って行った。

鈴蔵が、喜兵衛と女房を促す。

「行こうか。太郎が、家で帰りを待っている」

応じた喜兵衛が、女房と揃って、信平に頭を下げた。

「このご恩は、生涯忘れません」

信平は笑顔でうなずき、喜兵衛たちを見送った。

金五郎が捕らえられたことは、その日のうちに、守山重俊の耳に入った。

「奴め、しくじりおったか」

残りの金が入らぬことになり、重俊は悔しがったものの、知らせに来た家老の木村には、余裕の顔を向けた。

「まあよい。明後日には、わしは老中じゃ。月番の町奉行所は、北か、南か」

「北でございます」

「それならば安心じゃ。北町奉行の村越は、わしには逆らえぬ。金五郎が何を言おうが、公にする度胸はあるまい。そうじゃ、村越めをちと脅して、金五郎を早々に出してやろう。ここで恩に着せて、三十万両出させてやる」

「そ、それが、そうもまいりませぬ」

そう言った家老の木村は、真っ青な顔をしている。

重俊が、いぶかしそうな顔をした。

「いかがした」

「金五郎を捕らえたのは、村越殿にあらず。殿が嫌うておられる、鷹司松平信平殿にございます」

「な、なんじゃと！　信平が関わっているとなると、上様のお耳に……」

「届いているに、違いございませぬ」

木村の言葉に、重俊は絶句した。

足の力が抜けて倒れる重俊を木村が支えたが、重俊は放心しており、いくら声をかけても、口を半開きにして、遠くを見る目をしたまま、唸り声をあげていた。


日が過ぎ、登城の日がきたのであるが、重俊はついに、将軍家綱の前に姿を現さなかった。

重俊が贋金騒動に関わっていることは、信平から家綱の耳に入っていた。

家綱は、直々に詮議《せんぎ》し、それなりの罰を沙汰《さた》するつもりで待ち受けていたのだが、待てども重俊は現れず、重俊名代の次席家老が本丸に上り、
信平は、証人として家綱に呼ばれ、共に黒書院《くろしょいん》で待っていた。そこへ、使者から書状を届けた。

驚いた家綱が、状を受けた老中の阿部豊後守忠秋《あべぶんごのかみただあき》が現れ、重俊の急死を告げた。

「腹を切ったか」

と、訊いた。

罪を犯して割腹自殺をしたとなれば、御家は改易《かいえき》に処される。

家綱の問いに、豊後守は首を横に振った。

「いえ、卒中《そっちゅう》でございます。知らせを受け、大目付が手の者を遣わしたところ、間違いないとのことでございます」

目を閉じた信平は、家綱に顔を向けた。

家綱は、もの悲しげな顔で目を伏せたのち、信平を見て、豊後守に目を向けた。

「皆は、次は肥前が老中じゃと言うていたが、余は、当分のあいだ欠けたままにしておくつもりでいた。伊豆に代わる知恵者はおりそうにない。余は、そう思うたのじゃ」

家綱は、消え入るような声で言い、松平伊豆守信綱の死を悼んだ。

第三話　馬泥棒と姫

一

「福千代、ほら、見てご覧なさい。お月さまでうさぎさんが餅つきをしていますよ」

月見台にいる松姫は、福千代の目線に合わせて指差し、美しい満月を見ている。

福千代は、

「うう、うう」

と、言って、小さな手を空に向けて月を指差し、何を思っているのか、楽しそうな顔を松姫に向けた。

縁側に座っている信平は、愛《いと》しい妻子を見つつ、善衛門や佐吉たちと、酒宴を楽しんでいた。

善衛門が、銚子《ちょうし》の酒を信平にすすめながら、上機嫌を口にする。

「いやぁ、殿。それにしても、今年はようございました。岩神村も下之郷村も、豊作も豊作、大豊作でござる」

佐吉が続いて口を開く。

「村では、豊作を神様に感謝して祭が行われておりましょう。来年は、是非とも殿にお越し願いたいと、下之郷村の宮本厳治《みやもとがんじ》が手紙に書いておりました」

「さようか」

信平は安堵して、盃を口に運ぶ。

後ろで物音がしたので信平が振り向くと、名月を眺めていたはずの頼母が、仰向けに倒れていた。真っ赤な顔をして、にやついて眠っている。

「やや、こやつめ、飲みすぎおったな」

善衛門が、殿の前で無礼な奴だと言って起こそうとしたのを、信平が止めた。

「豊作の知らせを受けて、安堵したのであろう」

「しょうがない奴だ」

佐吉が、自分の羽織《はおり》を脱いで頼母にかけてやった。

大きな身体をしている佐吉の羽織は、まるで夜着《よぎ》のように、頼母をすっぽりと包む。

冷たい風が吹きはじめたので、松姫は福千代を連れて月見台から下がり、奥に戻ると言って声をかけたので、善衛門と佐吉が頭を下げた。

松姫が応じて口にする。

「どうぞ、ごゆるりと」

「ははぁ」

大袈裟《おおげさ》な言い方をしてふたたび頭を下げる善衛門に、松姫はくすりと笑い、福千代を抱いて奥屋敷《おくやしき》へ渡った。

座りなおした善衛門が、

「殿、ささ、お飲みくだされ」

楽しそうに言い、信平の盃に酒を注いだ。

「殿、今宵は飲み明かしましょうぞ」

景気よく声を張る佐吉が、銚子の酒が空になっていることに気付き、台所へ取りに行くため立ち上がった。

その佐吉に、信平が告げる。

「皆に、休むように伝えてくれ」

振り向いた佐吉が、はは、と言って台所に行き、程なく、酒肴《しゅこう》をどっさり持って帰ってきた。

佐吉と共に来たお初と国代が、お言葉に甘えて先に休むと言って頭を下げたので、信平は、二人に労《ねぎら》いの声をかけた。

お初と国代が去ると、信平は、佐吉に顔を向けた。

「鈴蔵は、いかがした」

「さようか」

先ほどまでいたはずの鈴蔵の姿がないのだ。

「厩《うまや》に忘れ物をしたと申して行っております」

その鈴蔵が、程なく戻ってきた。

鈴蔵に、佐吉が酒を注いでやり、厩の様子を聞いた。

「黒丸《くろまる》は、何をしておった」

「眠っている様子でした」

「黒丸は老馬だが、元気だの」

「はい」

嬉しそうな鈴蔵を、信平が労う。

「そなたは馬好きゆえ、黒丸だけでなく、他の馬も毛並みが良い。細《こま》やかな世話をしている証だな」

「おそれいります」

と恐縮した鈴蔵が、ふと気付いたように言う。

「馬のことで思い出したのですが、それがしには、少々変わった友がおりまする」

話に乗った信平が、どのような友なのかと訊くと、その者は馬が大好きで、名馬を求めて放浪の旅をしているという。

「名馬を見つけて、いかがする。買いつけるのか」

佐吉が訊くと、鈴蔵は、躊躇いがちに口を開く。

「それが、大きな声では言えないのですが、名馬がいるという噂を聞けば、夜中にその家に行き、黙って拝借して気がすむまで野駆けをして、持ち主に返すのです」

「なんだそれは。馬泥棒ではないか」

「確かに泥棒なのですが、ここからが違うのです」

酔って饒舌《じょうぜつ》な鈴蔵に、皆が耳をかたむけた。

「どう違うのだ」

訊いた善衛門が酒を注いでやると、鈴蔵は口を湿《しめ》らせて伝える。

「馬を持ち主に返した時、馬の身体に悪いところがあれば教えるのです。早めの対処をして命を救われた馬もおり、逆に感謝されると申しておりました」

「ほほう」

善衛門が感心した。

「病の馬にとっては、恩人であるな」

「そうなのです」

「しかし、病でなければいかがする」

訊いた佐吉に、鈴蔵が答える。

「元気な馬は、夜中にこっそり返すのだそうです」

「ははぁ」

佐吉が手で膝をたたき、信平に顔を向けた。

「殿、世の中には、いろいろな人間がおりますな」

「ふむ。その者が今の黒丸に乗れば、なんと申すであろうか」

「一度診てもらいますか」

善衛門が言い、鈴蔵に顔を向けた。

「鈴蔵、その者は今どこにおるのだ」

「それが、分かりませぬ。つい先日、御屋敷を出た時にばったり会ったのですが、急いだ様子で去ってしまいましたので」

「まさか、黒丸の噂を聞きつけて、盗もうとしていたのではあるまいな」

善衛門が疑うと、佐吉が続いて口を開く。

「鈴蔵が出てきたので、慌てて逃げたのではないか」

「はあ。言われてみれば、そうかもしれませぬ」

鈴蔵はそう言って、苦笑いをした。

「おもしろい男じゃ」

信平が呑気にこぼすので、善衛門と佐吉は顔を見合わせた。

二

鈴蔵が、酒宴の席で旧友のことをふと思い出したのは、まったくの偶然であるが、時としてその偶然というものは、虫の知らせや、予知夢のように、何かの前兆を予感する、といった、人間がもつ能力といえようか。

酒に酔った鈴蔵が、夢見心地の中で旧友、名取玄四郎《なとりげんしろう》のことを話していた時、玄四郎は、麻布《あざぶ》飯倉片町《いいぐらかたまち》にある石見《いわみ》益田《ますだ》藩《はん》の下屋敷に忍び込んでいた。

大名家の下屋敷というものは、藩主がめったに来ないのをいいことに、がらの悪い渡り中間《ちゅうげん》が入り込み、賭場を開くのは珍しいことではない。

益田藩の下屋敷も、毎夜のように中間部屋は賭場と化し、博打《ばくち》にのめり込んでいる者が出入りしていた。

中間は賭場のことに気を取られ、藩邸の警固などはうわの空である。

客のふりをして賭場に入った玄四郎は、負けぬ程度に遊んだところで一旦換金し、厠《かわや》に行くと言って部屋を出ると、そのまま姿を消した。

広大な敷地の中にある厩を探す玄四郎の目当ては、噂の名馬、時風《ときかぜ》である。

先代藩主が、二千両もの大金をつぎ込んで手に入れたという馬が、今は下屋敷に置かれているとの噂を聞いた玄四郎は、

「是非とも、走らせてみたい」

馬好きの虫が騒ぎ、拝借しに来たのである。

中間は、玄四郎が出たまま戻らぬので、不審に思い、仲間に命じて様子を見に行かせた。ところが、姿がない。

怪しんだ中間は、何人か連れて捜しに出た。

「まさか、お館に忍び込んではいまいな」

と言ったが、仲間の中間が、勝っていたので帰ったんじゃないかと言い、門の外へ追って出た。しかし、町に姿はなく、中間は辻をひとつ越えた所であきらめ、戻ってきた。

「お館を探すか」

一人が言ったが、

「夜更けに館を探索して怪しい者がおればいいが、いなければ、騒がしいと言われてお咎めを受けかねない。放っておけ。奴がもし曲者であれば騒ぎになろうが、所詮《しょせん》おれたちゃ渡り者だ。見張りを怠ったと咎められそうなことになれば、とんずらすればいいことだ」

賭場を仕切っている中間が答え、部屋に戻った。

植込みの中に潜み、その様子を見ていた玄四郎は、ちょろいものだとほくそ笑み、厩を探しに、邸内を移動した。

満月の明かりを頼りに歩み、程なく厩を見つけた玄四郎は、近くに人がいないのを確かめるために、足音を立てぬようにして周囲を探った。何せ、大名家の下屋敷だ。厩の周囲には蔵が立ち並び、下働きをする者たちの長屋が、市中のちょっとした裏店《うらだな》の景色のように建ち並んでいる。

馬を世話する者たちは、一日の仕事を終えて厩の近くにある長屋に帰り、休んでいる。

様子を探った玄四郎は、馬を拝借するために、厩に戻った。

広い厩の中にいたのは、たったの一頭だけだ。

月明かりが入る厩の中に、馬の黒い影が立っていて、見知らぬ玄四郎の様子をうかがっている。

玄四郎は、馬を驚かさぬように声をかけながら、格子に歩み寄った。

すると、馬は藁《わら》を踏みしめて歩み、玄四郎に近づいてきた。格子から鼻を出したので、玄四郎は、よしよし、と声をかけて、なでてやる。

馬が前足で地べたを蹴るので、玄四郎は目を細めた。

「走りたいか。そうかそうか。今出してやるからな」

格子戸の止め金を外そうとした時、厩の入り口に明かりが近づくのに気付いた玄四郎は、

「いかん」

と言って、隠れる場所を探したのだが見つからず、上を見上げた。

格子戸を登り、屋根の梁《はり》に身を隠していると、厩の中に足音が近づいてきた。

手燭《てしょく》を持った、若い女だ。

蠟燭の明かりに浮かぶ女の美しさに、玄四郎は息を吞む。

赤い小袖《こそで》を着た女は、髪の結い方からして侍女ではない。どこか、憂《うれ》いに沈んだ顔をしているが、目鼻立ちが、玄四郎の好みだった。いわゆる、一目惚《ひとめぼ》れというやつだ。

「時風、どうしたのです」

声も美しい。

馬を触るために伸ばした手も白くてか弱く、袖をまくった時に見えた二の腕に、玄四郎は、顔が熱くなった。

だが、次の瞬間、玄四郎は目を見張った。

美しき女が、馬の顔に抱きついて泣くではないか。

何が悲しいのか、声をあげて泣く姿は、玄四郎を惑わせた。飛び降りて、どうして泣くのか訊きたくなったが、そのようなことをすれば驚かせるばかりか、大声をあげられるであろう。

嫌われたくないという気持ちが勝り、玄四郎を思いとどまらせた。

美しき女が悲しみにくれる姿を、玄四郎はなすすべもなく、梁に張り付いて息を殺し、見ていることしかできない。

馬は、いやがるでもなくじっとしている。

玄四郎には、そんな馬の姿が、女を癒しているように見えた。

程なく、落ち着きを取り戻した女が、馬から顔を離して鼻をなでてやりながら、可愛がってもらえと言っている。

まるで、別れを惜しんでいるように思えた玄四郎は、当代の藩主が時風を下屋敷に置いているのは、好いてはいないからだと察した。

きっと、どこかに売り飛ばすに違いない。

玄四郎は、そう思った。

「姫様、姫様おられますか」

入り口で女の声がした。

すると、馬を触っていた女が顔を向けた。

「ここです」

「姫様。こちらでございましたか。夜風が冷たくなりましたというのに、そのような薄着で」

侍女とおぼしき女が、厩の匂いに顔を歪めながら入ってくると、姫の肩に自分の羽織物をかけてやった。

「夜も更けてまいりました。湯殿で身体を温めて、お休みください。さ、戻りましょう」

姫は、半ば強引に時風の前から離され、厩を出ていった。

梁から身軽に飛び降りた玄四郎は、鼻息を荒くして地を蹴る時風の頭をなでてやり、

「今日は、野駆けはやめだ。姫に心配をかけるのは、お前もいやだろう」

そう言うと厩から出て、賭場に行った。

「あ、お前どこにいやがった」

驚く中間に、あまりに広いので迷ったと適当なことを言った玄四郎は、声を潜めた。

「ひとつ教えてくれないか」

「なんだい」

「こちらの屋敷には、美しい姫御がいると聞いたんだが、ほんとうかい」

中間が眉をひそめた。

「お前、まさか姫を捜していたのじゃあるまいな」

「おれにそんな度胸はないよ。で、どうなんだい。噂はほんとうかい」

すると中間が、いやらしい笑みを浮かべた。

「ああ、いらっしゃるとも。顔を拝んだことはないけどな」

「名はなんていう姫さんだい」

「確か、萌生姫《めいひめ》だったな」

「めいひめ、いい名だな。顔にぴったりだ」

「何？」

「いや、なんでもない。それより、これを取っておいてくれ」

玄四郎は、小判を一枚にぎらせた。

「おい、いいのかい」

「いいとも。この賭場が気に入った。明日の夜も来ていいかい」

「いいに決まってら。おれはここを仕切っている哲八《てつはち》だ。毎日来てくれ」

上機嫌で言う中間の肩をたたいて、玄四郎は近くの旅籠に帰った。

酒を飲み、床に入った玄四郎であるが、萌生姫の悲しげな顔が目に浮かび、寝付けなかった。だがそのうち、いくら好いたところで自分には手の届かぬ相手だと思い、姫のことよりも、売られていくのであろう時風のことを考えた。

姿が美しい馬は、噂にたがわぬ名馬だと思った玄四郎は、どうしても、乗りたくなった。

時風に跨《また》がり、野を駆けている姿を想像した玄四郎は、いつの間にか眠ったらしく、ふと気付けば、朝になっていた。

遅い朝餉をすませた玄四郎は、一日中宿にとどまって身体を休め、夜に備えた。

そして、中間部屋の賭場が開く頃に宿を出て、途中の一膳めし屋で腹ごしらえをして下屋敷へ入った。

「だめだ、今日はつきがない」

開始早々一両負けた玄四郎は、

「哲八、今日はやめだ。帰る」

と言って、立ち上がった。

哲八は、金を貸すと言ってきたが、

「金ならある」

玄四郎はそう言って、一両にぎらせた。

「こいつは、どうも」

喜んだ哲八が、送って出ようとしたので、玄四郎は手で制した。

「もう迷わないから大丈夫だ。また明日来るぜ」

そう言って見送りを断り、一人で裏門へ向かった玄四郎であるが、薄暗い道で後ろを振り向いて、誰も付いて来ていないのを確かめると、ひょいと、建物と建物のあいだに入った。

今夜は、時風を拝借するつもりでいる玄四郎は、周囲に人気がないのを確かめると、館から離れて厩に向かった。

厩の入り口の壁に背中をつけて、中の様子をうかがう。萌生姫が来ているかと思ったのだ。

だが、人気はない。

玄四郎が厩に入ろうとした時、笛の音が聞こえてきた。

玄四郎は、足を止めた。美しくも悲しげな笛の音に引かれるように、その方角に足を向けていた。萌生姫が笛を吹いていると思い、一目だけ、姿を拝もうと思ったのだ。

人に見つからぬよう気を配りつつ、音を頼りに歩んだ玄四郎は、築山《つきやま》が見事な庭に入った。茂みに隠れて築山を登っていくと、眼下に、墨を流し込んだような色をした池が広がり、水面に満月が映っている。

大きな鯉《こい》が跳ねたらしく、水面に波紋が広がり、月がかき消された。

その池の先に目線を向けていた玄四郎は、先ほどから目を大きく見開き、一点を見つめたまま固まっていた。館の月見台で笛を吹いている萌生姫の姿に、目をくぎ付けにされてしまったのだ。

月明かりなので顔はよく見えぬが、打掛の立ち姿が美しい。よせばいいのに、顔をよく見てみたいという衝動に駆り立てられた玄四郎は、築山を移動して、月見台に近づいた。

庭木の中を、音を立てぬように歩んだ玄四郎は、最後は這って、顔が見えるところに潜んだ。

笛を吹く萌生姫の表情は、今夜も悲しそうだった。よく見れば、涙に頬を濡らしている。

毎夜泣いているのかと思った玄四郎は、馬を愛する姫の優しさに触れた気分になり、昨日よりも愛しさが増し、胸が苦しくなった。

茂みの中に座り、姫の顔を見ていると、またもや侍女が現れた。

すると、姫は笛を吹くのをやめ、部屋に入ってしまった。

もっと姫のことを知りたい。

そう思った玄四郎は、今夜も、馬を拝借するのをやめた。馬を拝借すれば騒ぎになり、下屋敷といえども警固が厳しくなる。そうなれば、二度と忍び込めなくなると思ったのだ。

こうして、萌生姫に魅了されてしまった玄四郎は、毎夜毎夜、屋敷に忍び込んだ。

そして、五日目の夜が来た。

玄四郎は、いつまでも萌生姫を見ていたいのであるが、今宵を最後と決めていた。

毎夜賭場に顔を出したので手持ちの金が乏しくなったのもあるが、このまま萌生姫にのめり込んでも、名馬を求めて旅をしている自分には手の届かぬ相手。

馬鹿な奴だと自分を責めた玄四郎は、最後に一目だけ姫を見たら馬を拝借するつもりで庭に忍び込み、姫が月見台に現れるのを待った。

だが今宵は、待っても待っても、萌生姫は現れなかった。

どうしたのだろうかと思った玄四郎であるが、未練がましく待つのをやめて、厩に向かった。

いよいよ、時風に乗れる。

そう気持ちを切り替えた玄四郎は、厩に着いた時には、姫のことを頭から消していた。

時風は、玄四郎の気持ちを悟ったように、格子から頭を出して、地面を蹴っていた。

「よしよし、思い切り走らせてやるからな」

玄四郎がそう言って、肩に掛けていた袋から手綱《たづな》を出し、時風に手を差し伸べて頭をなでてやりつつ、装着させた。鞍《くら》代わりの袋を馬の背に載せ、格子戸を開けて厩の外に引き出した。

このまま表門に引いて行けば、見つかってしまう。

これまで多くの屋敷から馬を拝借している玄四郎の手口は、馬を近くまで引いて行って繋《つな》いでおき、別の場所で、馬が逃げたと大声をあげて騒ぎを起こしておいて、そのどさくさに紛れて抜け出すのだ。

あらかじめ、表門に近い場所に馬を隠す場所を見つけておいた玄四郎は、蔵と蔵のあいだの暗い所に時風を繋ぎ止め、

「待ってなよ」

声をかけて落ち着かせておいて、門に急いだ。

門番がいる長屋の前で大声をあげてやるつもりで行くと、なんだか騒がしい。

「何ごとだ？」

いつもは静かな屋敷だけに、悪だくみがばれたかと不安に思いつつ行ってみると、なんと、萌生姫と藩士たちが、館に戻れ、戻らぬと言って揉めているではないか。藩士が姫の腕をつかみ、強引に引っ張ったので、侍女が懐剣《かいけん》を抜いた。無礼者と言って斬りつけたが、藩士に取り押さえられた。

これは尋常ではないと思った玄四郎は、考えるより先に足が出ていた。走って行き、萌生姫を引っ張る藩士の後頭部に手刀を食らわして気絶させた。

「や！　何者！」

驚いた藩士が寄棒《よりぼう》で打ちかかってきた。

玄四郎はその一撃をかわし、藩士の顔を殴った。ひるんだ相手の寄棒を奪い、腹を突く。

「おえぇ」

悶絶《もんぜつ》する藩士には目もくれず、三人目の藩士の肩を打ちすえて倒した玄四郎は、萌生姫を見た。

「逃げたいのか」

そう訊くと、萌生姫と侍女がうなずく。

「曲者だ！　曲者だ！」

門番が叫び、呼子《よびこ》を吹いた。

これに気付いた藩士たちが、何ごとかと館のほうから現れたので、玄四郎は、姫を助けたい一心で、手をつかんだ。

「逃げるぞ」

手を引いて表門に走る。

「どけ！」

玄四郎が寄棒を振って大声で叫ぶと、門番は怖気づいて逃げた。

「旦那、こっちだ！」

声をかけたのは、中間の哲八だ。脇門を開けて、待っている。

玄四郎は走って行く。

「すまん」

哲八が笑みで応じる。

「なんだか知らねぇが、姫様がやばそうだ。ここはまかせておくんなさい」

酒代を弾んでくれた礼だと言う哲八の助けを借りた玄四郎は、萌生姫と侍女を連れて外に出ると、夜道を走って逃げた。

哲八は、追って出てきた藩士たちに、大声で伝える。

「姫様は、右に行かれました」

自分はどちらに行くか見ていたとばかりに言い、左に逃げた玄四郎たちの逆の方角を指差した。

「追え。姫を連れ戻すのだ」

まんまと騙《だま》された徒頭《かちがしら》が叫び、門前の道を右に駆けて行く。

「へへ、なんだかおもしろくなってきたぞ」

そう言った哲八は、左の夜道に目を向ける。

「寒くなってきやがった」

そう言って、手の甲で鼻をすりあげた哲八は、藩邸が騒がしくなることを予測して、賭場を閉めるために中へ駆け戻った。

三

寄棒を持った藩士が、家の中の様子をうかがいながら歩いている。

玄四郎は、萌生姫と侍女に音を立てるなと合図し、息をひそめた。

「どうだ！」

路地に声がして、藩士が振り向いて答える。

「どこにも見当たりません」

「姫の足では遠くへは行けぬ。捜せ」

「はは」

家の様子を探っていた藩士が、きびすを返して走り去ったので、玄四郎は安堵の息を吐いた。

哲八は逆の方角を教えたのだが、萌生姫と侍女を連れている玄四郎より藩士たちの足が勝り、方々に散っていた追っ手に危うく見つかりそうになっていた。

玄四郎は咄嗟に、長門《ながと》萩藩《はぎはん》下屋敷の前にある町の空き家に隠れていたのだ。

「まだ近くにいるかもしれない。しばらくここに隠れていよう」

玄四郎の言葉に、萌生姫と侍女が頭を下げた。

「お助けいただき、ありがとうございました」

侍女に礼を言われて、玄四郎は手をひらひらとやる。

「いいってことよ。それより、姫がなんで屋敷から逃げるんだ。あいつら、家臣だろう」

萌生姫は、うつむいて答えない。

侍女も、口籠もった。

「まあ、誰しも人には知られたくない事情があるか」

玄四郎は言い、行く当てはあるのか訊いた。すると侍女が、悲しげな顔で首を横に振る。

「ないのか」

「はい。ございませぬ」

「そいつは困ったな」

玄四郎は頭をかいて考えた。旅籠に連れて行こうかと思ったが、怪しまれて町奉行所に通報をされたら厄介なことになる。かといって、このまま見捨てる気にはなれなかった。

頼れる場所を思いついた玄四郎は、二人に告げた。

「匿ってくれそうな所がひとつだけあるのだが、事情を聞かないと連れて行けぬ場所だ。なぜ逃げたのか、話してくれぬか」

すると、侍女が疑う目を向けて訊いた。

「その前に、あなた様の素性をお聞かせください。屋敷の者でないことは分かっています」

「おれか……」

馬を拝借しに忍び込み、姫に一目惚れして毎夜忍び込んでいたなどと言えるはずもなく、返答に困った玄四郎は、賭場に来ていた遊び人だと答えようとした。

だが、玄四郎が口を開くより先に、萌生姫が口を開く。

「そなたが毎夜庭に潜み、わたくしの笛を聴いていたのは知っていました」

「えっ！」

玄四郎は絶句した。息を殺し、気配も消していたというのに、どうして知られたのだ。

侍女の顔が途端に険しくなった。

「おのれ、何者」

懐剣の紐を解こうとするので、玄四郎は慌てて止めた。

「待て。怪しい者ではない。おれは、その……」

姫に一目惚れして、物陰に潜んで覗き見をしていたと言えば、間違いなく異常者だと思われて嫌われる。

「実は、馬を拝借するつもりで、忍び込んだのだ」

初めはそうだったのだから嘘ではないと、玄四郎は自分を納得させた。

「やはり曲者」

侍女の口を、玄四郎は手で制す。

「待ってくれ。悪気はないのだ」

玄四郎の言葉に、萌生姫は胸のうちを見透かしたような微笑みを浮かべて答える。

「時風を気に入っているなら、さしあげます」

売られるよりは、好きだと言う自分にくれてやったほうがましだということか。

玄四郎がそう思っていると、萌生姫は、とんでもないことを言いだした。

「馬をさしあげますから、わたくしを遠くへ連れて逃げてください。一刻も早く江戸から出とうございます。藩の追っ手がおよばぬところなら、どこへでもついてまいります」

「えっ」

玄四郎は、目を丸くした。雅《みやび》な着物を着て、誰が見ても身分ある家柄の姫を連れて江戸から出られるはずはない。

「何を馬鹿な……。入《い》り鉄砲《でっぽう》に出女《でおんな》と言うではないか。姫が江戸から出るなど、とんでもないことだ」

「お願いでございます」

「どうしても江戸から出たいと言われるなら、ここでお別れだ」

玄四郎は、きっぱり断って去ろうとしたのだが、侍女が出口を塞ぎ、懐剣を抜いて切っ先を向けた。

「おい、悪い冗談はよせ」

玄四郎が、力ずくで侍女をどかせるつもりで進むと、侍女は懐剣を引き、頭を下げた。

「お願いでございます。姫様を連れて、お逃げください」

侍女まで懇願《こんがん》するので、玄四郎は姫に顔を向けた。

「見ず知らずの馬泥棒を頼るとは、よほどのことがあるようだ。返事をする前に、わけを聞かせてもらおう」

「わたくしが、お話しします」

侍女が言い、神妙な面持ちで玄四郎に向き合った。

「このままでは、萌生姫様は数日後に、石見の豪商、曽根屋吉左衛門《そねやきちざえもん》に嫁《とつ》がなければならないのです」

大名家の姫が商家に嫁ぐなど聞いたことがなかった玄四郎は驚いたのだが、もっと驚くことを侍女が口に出した。曽根屋吉左衛門は、齢四十だという。

「ずいぶん歳を取った花婿《はなむこ》だ。姫は、いくつだ」

玄四郎が訊くと、萌生姫が答えた。

「十八でございます」

「なるほど。親子ほど差がある。そいつはいやだろうな」

玄四郎は、萌生姫を哀れんだ。

だが、もっと哀れむべきことを、侍女が語った。

萌生姫は、さる大名家との縁談が決まっていたのだが、急に破談にされたという。

侍女は、さらに詳しく話そうとしたので、玄四郎が止めた。萌生姫が、辛そうな顔をしたからだ。

「ここから先は、今から行くところで話してくれ」

「どこに行くのですか」

侍女に訊かれたが、玄四郎は言わなかった。言えば、遠慮すると思ったのだ。

「そのように不安そうな顔をするな。立派なお人だ。きっと力になってくださるから、安心してついて来な。さ、行こうか」

玄四郎は、二人を連れて外に出て、あたりを警戒しつつ夜道を歩んだ。少し進んだだけで、捜し回っている藩士が前の辻を駆け抜けた。

萌生姫と侍女に手の平を向けて止めた玄四郎が、他に藩士がいないか確認する。

そして、二人にもう一度確かめた。

「追っ手に見つかるかもしれぬ。本気で、逃げるのか」

「お願いします」

侍女が頭を下げた。

玄四郎は萌生姫を見た。すると姫も、覚悟を決めた顔で顎を引く。その瞬間に、一目惚れした女を守ってやりたいという気持ちが確かなものになった玄四郎は、思わず手をつかんだ。

萌生姫は驚いた顔をしたが、手を引かなかった。

萌生姫の手は、柔らかくて温かかった。骨が細くて、少し力を込めただけで潰れてしまいそうだ。

「行くぞ」

玄四郎の力強い声に、萌生姫はうなずいた。

通りへ駆け出ようとした時、藩士たちが辻から現れ、こちらに向かってきた。

玄四郎は下がり、一旦空き家に戻って追っ手の目を逃れた。

「だめだ。追っ手が多すぎる」

そう吐き捨てると、侍女が声に出す。

「わたくしが囮《おとり》になります。そのあいだに行ってください」

「捕まれば咎めを受けるぞ。三人で逃げよう」

玄四郎はそう言ったのだが、侍女は拒んだ。

「わたくしがいたのでは足手まといになります。どうか、お二人で逃げてください」

玄四郎は驚いた。

「素性も知らぬこのおれに、姫をまかせると言うのか」

「立派なお方のところへお連れくださるのでしょう」

「それはそうだが。女を囮にして逃げるというのは後味が悪い。姫もそう思うだろう」

すると萌生姫が、侍女の両手をつかんだ。

「篠江《しのえ》、わたくしは、そなたがいないと生きてはゆけませぬ。共に逃げましょう」

「しかし……」

「侍女なら、姫に従え」

玄四郎が告げると、篠江は困った顔をした。

「案ずるな。おれが必ず逃がしてやる」

自信はないが、こう言わないと侍女は付いて来そうにない。

胸をたたく玄四郎を見て、篠江はうなずいた。

「分かりました。そのお言葉を信じてまいります」

「うむ。おれから離れないように」

玄四郎は二人を連れて外に出ると、通りをうかがった。

どうやら藩士たちは去ったらしく、足音も気配もない。

「今のうちに行くぞ」

玄四郎は後ろに声をかけ、道を急いだ。向かった先は、赤坂である。鷹司松平家に奉公している旧友の鈴蔵を、頼ろうとしているのだ。

追っ手に見つかることなく、なんとか信平の屋敷に到着できた玄四郎は、表の門扉《もんぴ》をたたいた。

門の番屋で休んでいた八平が、音に気付いて覗き窓の障子を開けてみると、美しい姫を連れた男がいたので、眉をひそめた。

「どうなされたかね」

格子の中からした声に振り向いた玄四郎は、自分の名を告げた。

「鈴蔵殿にお取り次ぎ願いたい。火急のことゆえ、頼む」

「お待ちを」

八平は、ただならぬ様子に気付き、急いで鈴蔵を呼びに走った。

篠江が、門を見上げている。

「益田藩よりは、小さい御家柄のようですね」

篠江の言葉に、萌生姫は答えない。

篠江が、通りを警戒している玄四郎に顔を向けた。

「この御屋敷は、どちら様でございますか」

「鷹司松平様だ」

篠江が目を見張った。

「い、今、なんと申されました」

「鷹司松平様だと言った」

将軍家縁者の信平の屋敷と知り、篠江は卒倒しかけた。肩を支えた萌生姫に、篠江は微笑む。

「姫様、もう安心でございますよ」

「どなたなのですか」

世間知らずの萌生姫に、篠江は、安堵した様子で信平の身分を教えた。

その頃、邸内の長屋では、名取玄四郎の名を聞いた鈴蔵が飛び起き、表門に走っていた。脇門を開けて外に出てみると、つい先日、酒宴の席で噂をしたばかりの玄四郎が、美しい女を連れて立っているではないか。

驚きのあまり目を見開いた鈴蔵が、何があったのか訊く前に、

「おお鈴蔵、すまぬが匿ってくれ」

玄四郎はそう願うと、萌生姫と篠江の手を引いて勝手に入った。

鈴蔵は慌てて、呼び止めようとしたのだが、通りに侍が走って来たのに気付いて、中に入って脇門を閉め、番屋の障子の隙間から外の様子をうかがった。すると、門前に来た侍たちが、しまった、と言い、門を見上げていたが、

「急いで殿にご報告だ」

藩士の一人が言い、走り去った。

鈴蔵が玄四郎に振り向き、ひとつ息を吐いて口に出す。

「名馬を求めているのかと思っていたが、今はおなごを拝借しているのか」

「ち、違う」

慌てる玄四郎に、鈴蔵が笑みを向ける。

「分かっている。で、こちらのお方は」

姫を見て訊く鈴蔵に、玄四郎は、石見益田藩の萌生姫だと教えた。

大名家の姫を長屋に招くわけにはいかない。

鈴蔵は三人を待たせておき、佐吉のところへ走った。

四

松姫と奥屋敷の寝所で眠っていた信平は、次の間に人が入った気配に目をさまし、半身を起こした。

「信平様、糸でございます」

竹島糸の声に応じた信平は、目をさました松姫に、

「寝ていなさい」

と、言い、寝所を出た。

次の間に控えていた糸が、眠そうな顔で伝える。

「葉山殿が、火急の用があるので、表にお出まし願いたいとのことです」

「善衛門が？」

　夜中に何ごとかと思った信平は、糸に休めと言って、表屋敷へ渡った。

　白い浴衣《ゆかた》のまま表屋敷の廊下に出ると、善衛門が待っていた。善衛門は、鈴蔵の友の玄四郎が助けを求めていることを告げた。

「何か事情があるらしく、益田藩の姫を連れておりましたので、殿の許しを得る前に、客間に通してござる」

「ふむ」

「お召し替えを」

　善衛門に言われるまま、信平は身支度を整えて客間に入った。

　客間で待っていた萌生姫と篠江が、白い狩衣姿の信平を見て目を見張り、頭を下げた。

　廊下に控えている玄四郎は、隣にいる鈴蔵に小声で問う。

「あれが、噂の信平殿か」

「そうだ」

「なんとも、良い面構えだな」

　玄四郎は嬉しそうに言い、頭を下げた。

　信平は上座に座り、面《おもて》を上げさせた。

正面に正座している萌生姫が名を名乗り、続いて、玄四郎が名乗った。

二人とも、信平には聞き覚えがある名だ。玄四郎はいわずもがな。萌生姫は、益田藩主、太田《おおた》出羽守正信《でわのかみまさのぶ》の妹だ。

「出羽守殿は、よう存じています」

信平がそう告げると、萌生姫の顔に不安の色が浮かんだ。

それを見逃さぬ信平は、夜中に訪れた理由を訊いた。

「何か、お困りか」

萌生姫は、返答に窮した。兄正信と信平が親しい仲だと思い込み、何も言えなくなったのだ。

鈴蔵の横に控えていた玄四郎が、声をかけた。

「姫、先ほどの続きを。四十の商人に嫁がされるのがいやになって、元許嫁《いいなずけ》の所に行きたいのでしょう」

とんでもないことを言うなという顔をした篠江が、慌てて信平に切り出す。

「おそれながら、わたくしから申しあげます」

信平は、ゆるりと顎を引く。

篠江は、ひとつ息を吐いて気持ちを落ち着かせ、ここに至った経緯を話した。

大人しい萌生姫が思い悩み、このようなことをしてしまったのは、元許嫁に逢《あ》いたいからではない。兄、正信のせいである。

若くして家督を継いだ正信は、藩の財政難を打開するために、まずは山の木を伐採《ばっさい》して売り、その山を切り崩して新田の開墾《かいこん》をしているのだが、工事は思いのほか難航し、そのせいで費用がかさんでしまい三万両の不足が生じた。

多額の資金をつぎ込んでいるため、途中で止めることはできない。そこで、大商人だが、評判がよくないため開墾事業に参加させていなかった曽根屋吉左衛門に、不足の三万両を貸してくれと頼んだ。

足下を見た吉左衛門が提示した利息は安くなかったが、藩の財政を立てなおすことができれば返せない額ではなく、重臣たちと合議した正信は、追加の借財を決めた。

国許の民の暮らしを楽にするには、なんとしてもやり遂げねばならぬ。

そう決断した正信は、吉左衛門に頭を下げたのだ。

ところが、吉左衛門は、三万両を貸す条件に、あろうことか萌生姫を嫁にもらいたいと言いだした。

萌生姫は某大名家との縁組がほぼ決まっていたので、正信は当然拒んだ。すると吉左衛門は、手の平を返したように態度を硬くし、金を貸さないと告げる。

吉左衛門なんぞに萌生姫を嫁がせてたまるかと怒った正信は、家臣に命じて、他に貸してくれる者を探させたのだが、すでに、多方面から借財をしていた益田藩に頼れる者はいなかった。

公儀に泣き付く手もあるが、太田家は外様《とざま》ゆえ、借財を機に難癖をつけられ、領地を万事治められぬ無能者と咎められ、改易に追い込まれる危険がある。

それを恐れた重臣たちから、公儀に頼ることを猛反対された正信は、考えに考えたあげく、決断した。肩を落として萌生姫のもとを訪ね、御家のために泣いてくれと、頭を下げたのだ。

兄のため、御家のために承諾した萌生姫であったが、承諾した途端に、重臣たちの萌生姫に対する態度が変わった。

重臣たちは、商家に嫁ぐ萌生姫の婚礼行列を上屋敷から出すことはできぬと言い、新田開墾を強行した負い目がある正信は、彼らに言われるまま、萌生姫を下屋敷に移したという。

「なんとも、哀れな」

玄四郎は、篠江の話を聞きながらつい声が出た。

篠江が、廊下に座っている玄四郎を一度見て、信平に顔を向けて切り出す。

「玄四郎殿が馬を盗みに入っていなければ、こうして、逃げてくることは叶いませんでした。殿が、姫のために馬を送ってくだされたおかげ。偶然というものは、不思議なことでございます」

世に聞こえた名馬の時風が下屋敷に置かれたのは、正信が気に入らずに手放したのではなく、萌生姫が時風を愛《め》でていたので、せめてもの詫びの気持ちと姫の慰めに、下屋敷へ送っていたのだ。

萌生姫が時風に抱きついて泣いていたのは、時風が売られていくことを悲しんでいたのではなく、三万両と引き換えに、吉左衛門に嫁がされることを悲しんでいたのだ。

話し終えた篠江が、沈痛の面持ちで、信平に頭を下げた。

信平が、萌生姫に告げる。

「御家のためとは申せ、辛いことであったな」

萌生姫が堪え切れなくなり、手で口を塞いで声を殺し、涙をこぼした。

息を呑んだ顔で萌生姫を見ていた玄四郎が、鈴蔵に向けてぼそりと本音を漏らす。

「おれは、姫の泣いた顔にやられてしまったのだ」

「これ、そこの馬泥棒。控えぬか無礼者」

善衛門に一喝されて、玄四郎は苦笑いで頭に手を置いた。鈴蔵に言ったつもりが、聞こえてしまっていたのだ。

「いや、失礼した」

玄四郎は、黙って前を向いて座っている萌生姫に詫び、うつむく。

その玄四郎に薄笑いを向けた鈴蔵が、小馬鹿にして声に出す。

「この馬泥棒め」

「馬泥棒と、罵《ののし》らないでください」

声を張ったのは、萌生姫だ。

「先ほど篠江が申しましたように、玄四郎殿のお蔭《かげ》で、わたくしは、あの屋敷から逃げることができたのです。今では、命の恩人だと思っています」

善衛門と鈴蔵は、ばつが悪そうな顔をした。

玄四郎が鈴蔵を見て、どうだ、という顔をしている。

「命の恩人とは、いかがしたことだ」

信平が訊くと、篠江が頭を下げて答えた。

「姫は今宵、命を絶とうとされたのです」

思わぬ言葉に、皆驚いた。

その理由を、篠江が告げる。

「国許に暮らすわたくしの親戚の者に曽根屋を調べさせたところ、あるじ吉左衛門はいろいろと阿漕《あこぎ》な商売をしており、国許でも悪い評判しかないそうです。それを知っていて、姫様を嫁がせようとする殿は、あまりに無慈悲。ご先代様がご存命であれば、このような話はなかったはずなのでございます。藩が借財をいたし、妹君の姫様を嫁にいたせば、吉左衛門はますますいい気になって悪事を重ねましょう。そのような悪党に嫁ぐぐらいなら、死んだほうがましだと……」

篠江は声を詰まらせたが、涙を堪えて伝えた。

「懐剣で喉を突こうとされた姫を必死にお止めしたわたくしは、死ぬ覚悟があるなら共に市中に下って、二人で暮らしましょうとお諫めして、このように思い切ったことをしたのでございます」

「思いとどまり、逃げ出したは良い決断だ」

信平が萌生姫に言うと、萌生姫は微かな笑みを見せてうなずいた。

篠江が、両手を揃えて信平に懇願する顔をした。

「どうか、萌生姫様にお慈悲を賜りますよう、お願い申し上げます」

篠江の言葉に続いて萌生姫が頭を下げた。

善衛門が、どうするのかと問う顔を向けている。

しばし考えた信平は、あることに考えが及び、萌生姫に告げる。

「承《うけたまわ》った。萌生姫、麿が力になろう。安心して、ゆるりとされるがよい」

「ありがとう、ございます」

安堵した萌生姫は、涙を堪えながら言い、ふたたび頭を下げた。

「信平様！」

玄四郎が大声をあげて部屋に入ってきたので、佐吉が立ちはだかった。

大きな佐吉を見上げた玄四郎は、信平の前に行くのをあきらめてその場に座り、頭を下げて口を開く。

「掃除でも下働きでもなんでもします。萌生姫がおられるあいだ、ここに逗留《とうりゅう》させてください。このとおり！」

両手を合わせて懇願する玄四郎に、信平は笑みを浮かべた。

「よかろう。そなたのことは、鈴蔵から聞いている。馬の世話と、具合を診てやってくれ」

信平の頼みに、玄四郎が顔を上げ、にやりと笑った。

「黒丸のことでございますな。おまかせください。では、ごめん」

そう言って立ち上がったので、鈴蔵が問う。

「今からか」

「もう夜明けだ。馬たちが腹をすかせておる」

玄四郎はそう言って、庭に出ていった。慌てた鈴蔵が、信平に頭を下げてあとを追う。

気付けば、玄四郎の言うとおり、外は白みはじめていた。

信平は、萌生姫に顔を向けた。

「疲れたであろう。案内させるゆえ、休まれるがよい。お初」

「はい」

信平の声に応じたお初が現れ、萌生姫と篠江を促して別室に案内した。

すると、善衛門が信平の前に座り、首を伸ばして訊いた。

「殿、いかがなされるおつもりか」

「まずは、正信殿に、姫を預かっていることを知らせよう。きっと会いにまいられるであろうから、話はそれからじゃ。佐吉、文をしたためるゆえ、届けてくれ」

「承知」

信平は、手早く文をしたため、佐吉を走らせた。

五

　萌生姫を迎えに江戸へ出てきていた曽根屋吉左衛門は、下屋敷の近くに宿を取って逗留していたのだが、姫が逃げたことを知り、

「なんということだ」

と、目をひんむき、すぐさま駕籠を飛ばして、神田《かんだ》にある益田藩の上屋敷に乗り込んだ。

　強引な態度で、藩主正信に目通りを叶えた吉左衛門は、

「殿様、姫が逃げたとはどういうことでございますか。まさか、この吉左衛門に嫁がせるのがいやになり、わざとお逃がしになったのではございますまいな」

　畳に両手をつき、下手《したで》に出てはいるが、睨み上げ、色黒の頬を揺らして、挑みかかるような顔で詰問した。

　この迫力には、正信もたじたじとなり、共にいた江戸家老に助けを求める顔を向けた。

　江戸家老が正信に代わって口を開きかけたが、吉左衛門に睨まれ、言葉を飲み込ん

で顔をうつむける。

頼りにならぬ江戸家老にがっかりした正信は、困った顔で吉左衛門にこぼす。

「わざと逃がしたのではない。勝手に逃げたのだ」

「言いわけは聞きませぬ」

「そう怒るな。余も困っておるのだ」

「姫の居場所は、分からぬのですか」

「それは、分かっておる」

正信の言葉に、吉左衛門が苛立った。

「分かっておられるのでしたら、すぐにここへお連れくだされ。この吉左衛門が、石見に連れて帰ります」

「それが、そう簡単にはいかぬのだ」

「またそのようなことを申されて。姫の一人や二人、人を遣わして無理やり引っ張って来られればよろしいではないですか」

正信は表情を引きつらせた。

「できるものか。萌生は今、鷹司松平信平様の御屋敷に逃げ込んでおるのだ」

吉左衛門が、探る目を向けた。

「誰です、その鷹なんとかというのは」

「おい、聞こえなくとも口をつつしめ。鷹司松平様だ。将軍家縁者のお方であるぞ」

正信の言葉に、吉左衛門が尻を浮かせて驚いた。

「なんですと！　それじゃ、姫は」

「さよう。信平様がお許しにならねば、連れ戻すことなどできぬ」

吉左衛門は、悔しげな顔をした。そして、家老と正信を順に睨み、悪人面を正信に向けて口を開く。

「弱気なことを言うておられるが、お分かりでしょうな。姫がこの吉左衛門のものにならぬ限り、三万両は、お貸ししませぬぞ。それとも、御本家を頼られるおつもりか」

「伯父上《おじうえ》に言えるものか。知っているくせに申すな。意地の悪い奴め」

「では、いかがなされます」

「余は、信平様に会いに行くつもりだったのだ」

正信がふてぶてしく伝えると、吉左衛門が、したり顔をした。

「それを先に言うてくだされ。手土産《てみやげ》は、この吉左衛門が出しましょう」

吉左衛門は、横に置いていた巾着《きんちゃく》から、二十五両の包みを四つ出した。

正信が、渋い顔をする。

「百両か」

「足りませぬか」

「余の妹が迷惑をかけたのだ。足りぬ」

「なるほど。信平様の御屋敷は、どちらにおありか」

「赤坂だ」

「では、行かれる前に手前どもの宿にお立ち寄りください。五百両、お渡ししましょう」

これには、江戸家老が驚いた。

「五百両も、用意できるのか」

「この吉左衛門にとって、五百両などはなんともない額でございますよ。姫を連れ戻せるなら、安いものです。さ、まいりましょう」

吉左衛門がそう言って立ち上がったので、正信も立ち上がり、出かける支度をした。

神田の屋敷を発ち、吉左衛門が逗留している麻布の旅籠に立ち寄った正信が、赤坂に到着したのは、日が西にかたむき、空が茜色《あかねいろ》に染まりはじめた頃だった。

「すっかり遅うなってしもうた」

萌生姫を預かっているという信平の手紙を受け取り、すぐさま迎えに行くつもりでいた正信は、

「吉左衛門の奴め」

押しかけて、いろいろと指図をした吉左衛門を疎《うと》ましく思い、恨み節が出た。

「殿、外まで聞こえますぞ。顔つきが悪うなっておりませぬか」

供をしている江戸家老の声に応じて、大名駕籠に乗っている正信は、手で顔をさすってほぐした。

信平の屋敷に到着した正信は、供を従えず一人で案内に従い、書院の間の下座に座って待った。

程なく、正信が土産だと言って差し出した、五百両の小判が詰められた桐《きり》の箱を抱えた佐吉が現れ、正信の横に置いた。

険しい表情で頭を下げて座った佐吉は、目を細め、品定めする目つきで正信の横顔を見ている。

そこへ、信平が善衛門と現れた。

正信は大名であるが、礼節を尊《とうと》び、信平に頭を下げた。

「此度は、妹がご迷惑をおかけ申した。些少《さしょう》ではござるが、これをお納めください」

正信が桐の箱を信平に差し出そうとして、重さに手を滑らせた。

ぎょっとした正信は、箱を軽々と持っていた佐吉に、驚きの顔を向けた。

佐吉は相変わらず、怪しい者を見る目を向けている。

「気遣いはなきように」

信平の言葉に、ひとつ空咳をした正信は、桐の箱を前にして座りなおし、蓋《ふた》を取ってみせ、改めて頼んだ。

「信平殿、ここに五百両ござる。何も訊かず、妹をお返し願えぬか」

これには善衛門が怒り、口にむにむにとやった。

「出羽守殿、金を差し出して返せとはどういうことじゃ。まるで人攫いのようではないか。その振る舞いは、殿に無礼でござるぞ。殿が何ゆえ萌生姫をお預かりしたか、分かっておられぬようじゃな」

「いや、そのようなつもりは……」

正信が困惑した顔で善衛門に言い、続いて信平に向けて言った。

「信平殿、それがしにも事情がござる。何も言わず、返していただけぬか」

信平は長い息を吐いた。正信の振る舞いに落胆《らくたん》したのだ。

「信平殿」

正信に詰め寄られ、信平は口を開く。

「事情は、萌生姫からうかがいました。借財の形《かた》に姫をよこせと迫るなど、人の道に外れている。正信殿、そう思いませぬか」

正信は、困った顔をして言う。

「されど、どうにもできぬ。妹が嫁いでくれなければ、開墾ができぬのだ。計画が頓《とん》挫《ざ》すれば、これまでの苦労がすべて無駄になってしまうだけではすまぬ。藩の財政は破《は》綻《たん》し、民を飢えさせることになりかねぬのだ。信平殿、このとおりだ。妹を返してくだされ」

両手をついて懇願する正信を見て、信平は目を閉じて黙考した。そして切り出す。

「御本家を頼られてはいかがか」

正信は首を横に振った。

「亡き父から家督を受け継ぐ時に、本家を頼ってはならぬと、固く言われているのだ」

「では、曽根屋を頼るほかに、手はないと」

「いかにも」

正信が顔を上げて言う。

「むろん、他の商人にも頼んだ。開墾がうまくいけば、必ず返すことができると説得しても、これ以上はだめだと言われるばかりで、国許の者は誰も金を貸してくれぬ。大坂、京都、江戸の商人を頼ってみたが、弱小藩ゆえに馬鹿にされ、僅かな額しか用立ててくれぬ。来年の春までに開墾を終えるには、もっと大勢の人を雇わねば間に合わぬ。それには、曽根屋を頼るしかないのでござる。頼む信平殿、妹を返してくだされ。ここへ来る前にも、曽根屋から早うせいと責められた。手ぶらで帰るわけにはいかんのだ」

だが、信平は承諾しなかった。

「話は分かりました。今日のところは、お帰りを」

「信平殿！」

悲愴な顔をする正信に、信平は告げる。

「三日後に、お越しください」

「何ゆえ今日ではだめなのか、理由をお聞かせ願おう」

「今は申しませぬ。ですが、決して悪いようにはせぬゆえ、麿を信じていただけませぬか」

正信は、追いすがろうとしたのだが、信平の曇りなき目を見て、何も言えなくなった。

あきらめの息をひとつ吐いた正信は、立ち上がった。

「では、三日後にまいる」

そう言ってきびすを返した正信に、信平が声をかける。

「忘れ物がござる」

正信は、戸惑った顔をしたが、振り向いて信平に頭を下げ、桐の箱を両手で抱えて帰った。

「五百両では、不足ということですか」

翌日、神田の上屋敷で返された小判を前に、吉左衛門が不機嫌に問う。

「殿様、いくら持って行けば、鷹司様は満足して姫を返してくださるのです」

「たとえ一万両積み上げても、返してはくれまい」

「なんですと！」

「分からぬのか。あのお方は、金で左右されるようなお方ではないということだ」

「今の世に、そのようなお方がおられるとは思いませぬが」

「それがおるということだ。明後日にふたたび会うことになっておるが、このまま妹を返してもらえるとは思えぬ」

「どうなさるおつもりです」

「何もせぬ。悪いようにはせぬと言うてくだされたので、その言葉を信じることにした。余としては、おぬしに頼らずともすめば、それに越したことはないのだ」

そう言った正信が、ちらちらと顔色をうかがっている。

睨み返した吉左衛門が、鼻先で笑い、見くだして口にする。

「そううまくいきますかな。将軍家縁者といえども、三万両もの大金を易々《やすやす》と出せるとは思いませぬぞ」

吉左衛門は、泣き付かれるのを期待したが、正信は、今は待つと言い、追い返した。

藩邸から出された吉左衛門は、何か良い手はないものかと考えながら、旅籠に帰った。

旅籠の暖簾を潜ると、番頭から手紙を渡された。

手紙をよこしたのは、太田家の本家である三瓶《さんべ》藩主、太田石見守正充《いわみのかみまさみつ》だった。

ただちに、上屋敷へ顔を出せと書いてある。

「石見守様がどうしてここを」

知っているのかと首を捻った吉左衛門は、太田家の下屋敷に問い合わせたのだろうと思い、納得した。そして、ある思いが浮かんだ。

「これは、好都合だ」

かねてより知り合いの正充を頼ることを思いついた吉左衛門は、芝口の上屋敷に急いだ。

藩主正充は待っていたらしく、すぐさま目通りが叶った。

年老いた家老と現れた正充は、齢六十である。

悪くした足を気遣う小姓の手を借りて、上座にあぐらをかくと、頬と額に小豆《あずき》ほどのいぼがある顔を前に出して、吉左衛門に言う。

「曽根屋、ちと小耳に挟んだのだが、甥《おい》の正信と何か揉めておるそうじゃの」

あいさつもそこそこに正充から訊かれて、しめたと思った吉左衛門は、信平が邪魔をしていることを話した。

「とまあ、このようなことで、困っております。大名家のことに口を挟むなと、殿様から鷹司某《なにがし》に言うていただけませぬか。これは、お手間を取らせるお詫びの気持ち」

そう言って、正信から返されていた五百両を差し出した。

小判が詰まった箱を一瞥した正充は、共にいた家老と顔を見合わせ、ため息まじりにこぼす。

「知らぬというのは、恐ろしいものよのう」

「まことに」

家老が応じたので、吉左衛門が不思議そうな顔をした。

「何が、恐ろしいのでございますか」

訊く吉左衛門に、正充が答える。

「お前は田舎者ゆえ分からぬであろうが、鷹司松平信平殿に歯向かえば、御三家の紀州様が黙ってはおらぬ。下手をすると、上様にも睨まれるのだ。いや、それよりも厄介なのは信平殿本人よ」

「と、申されますと」

探るような顔をする吉左衛門に、正充は教えた。

「信平殿はこれまで、数多《あまた》の悪人どもを成敗してこられたお方。目をつけられたら最後、たたけばいくらでも埃が出そうなお前ごときの首など、明日にでも刎《は》ねられようぞ」

吉左衛門は、目を見開き、愕然とした。

「そ、そのように恐ろしいお方なのですか」

「うむ。悪党にとっては、地獄の閻魔《えんま》様より恐ろしいお方じゃ」

信平の顔を知らぬ吉左衛門は、地獄の閻魔のような顔を想像して震え上がった。

「い、石見守様。わたしが申しましたこと、なかったことにしてくだされ」

「どういうことじゃ」

「で、ですから、信平様に、口を出すなと文句を言うことです」

「そうか、何も申さなくてよいのか」

「はい、はい。わたしは、これより国へ帰ります」

「萌生姫はいかがする」

「きっぱりあきらめます」

「さようか。しかし、金が借りられぬとなると、甥の正信が困るであろうから、やはりわしが、信平殿に文句を言うてやろう」

「なな、何を申されます。眠っている獅子《しし》を起こしてはなりませぬ」

「しかし、三万両がなければ、正信が泣くではないか」

「石見守様が貸してさしあげればよろしいかと」

「わしが貸してやってもよいのじゃが、本家を頼ってはならぬと、あれの父が遺言しておるゆえ、受け取るまい。さて、困ったの。やはり、信平殿に——」

「分かりました！　わたしがお貸しします」

「じゃが、萌生姫は嫁に行かぬと申して泣いておるのであろう」

「ですから、姫のことはきっぱりあきらめます」

吉左衛門があまりに信平を恐れるので、正充は意地の悪い笑みを浮かべた。

「お前、よほどあくどいことをしておるな。そうであろう」

「い、いえ、そのようなことはございません」

「では、何ゆえ姫をあきらめる」

吉左衛門は目を泳がせ、黙り込んだ。

正充がすかさず口を開く。

「いやがる姫をほしがり、そのせいで民百姓を飢えさせてはならぬと改心したか」

吉左衛門が、そのとおりだという顔をした。

「そう。それでございます。わたしにも意地がございます。いやがるおなごを求めるのはやめました。正信様のお蔭で、ま、ま、まっとうな、商いで儲けさせていただいておりますので、藩に恩返しができればと思ったまで」

「さようか。それは重畳《ちょうじょう》。正信も、領地の民も喜ぼう」

嬉しそうな顔で言った正充が、急に厳しい顔をした。

「曽根屋」

「は、はい」

「今の言葉に、偽《いつわ》りはあるまいな」

「ご、ございませぬ」

「ならば、今日からはこころを入れ替えて、人のためになる商売をいたせ。よいか、よいな」

眼前に迫る勢いに、吉左衛門は居住まいを正し、頭を下げた。

「ははぁ、肝《きも》に銘《めい》じて励みまする」

すると正充が、目尻を下げる。

「よしよし、では、帰ってよいぞ」

「はは。失礼します」

吉左衛門は青い顔をして、逃げるように帰っていった。

「やれやれ」

と、一息吐いた正充が、背後の襖に顔を向けた。

「これで、よろしかったかな」

そう言うと、小姓が襖を開け、隣の部屋にいた信平が現れた。

信平は、正充の前に座り、頭を下げる。

「ご助力、おそれいりまする」

「いやいや、頭を上げてくだされ信平殿。礼を言わねばならぬのは、わしのほうじゃ。お蔭で、可愛い姪を吉左衛門に取られずにすんだ。このとおり、礼を申しますぞ」

互いに頭を下げ合った信平と正充は、顔を見合わせて笑った。

外様ながら、将軍家綱の覚えめでたい正充は、江戸城で信平と顔を合わせることが多く、見かければ言葉を交わすようになっていたのだ。

篠江から益田藩のことを聞いて、信平は、本家の正充に相談するのが良いと考え、足を運んだ。萌生姫が取られずにすむ策を考え、助力を頼んだのだ。

屋敷を訪ねてきた正信に、三日後に来いと告げたのは、そのあいだに、片を付けようと思ったからである。

「いや、さすがは信平殿。吉左衛門が本家のわしを頼ると、よう分かりましたな」

正充に言われて、信平は恐縮した。

「正信殿が、御本家に遠慮しておられるように思えましたので、曽根屋はそこにつけ入り、姫をほしいと申したのではないかと思いました」

「なるほど。鋭いですな」

「いえ」

「この礼は、改めて」

「どうぞ、お気遣いなきよう。では、これにてごめん」

信平は頭を下げ、赤坂に帰った。

見送りをすませた家老が戻り、正充に微笑む。

「実に、気持ちの良い御仁ですな」

「そうであろう。わしは、あの男に惚れておる。三瓶藩十五万石をまかせたいほどじゃ」

家老が仰天して目を白黒させるので、正充は大笑いした。

六

約束の日がきた。

信平を恐れた曽根屋吉左衛門は、すっかり改心したようで、三瓶藩の上屋敷から戻った日の夜に神田の上屋敷を訪ね、数々の非礼を正信に詫びただけでなく、萌生姫とのこともなかったことにして、なんと無利子で、三万両貸すことを約束した。

しかし、そこは商人。開墾に働かせる人足は、曽根屋が雇う者を使うという約束をさせたらしい。

萌生姫を迎えに来た正信から話を聞いている信平の横で、善衛門が口を開く。

「まっとうな商売をしているのなら、よしとせねばなりますまい」

正信が、明るい顔でうなずいた。

それとは対照的に、暗い顔をしている男がいる。鈴蔵と共に、廊下に控えている玄四郎だ。

「これで、姫ともお別れか」

玄四郎は、鈴蔵にのみ聞こえる声で告げた。

この三日のあいだに、萌生姫と言葉を交わしていた玄四郎にとって今や、忘れようとも忘れられぬ女《ひと》になっている。

「萌生姫をこれへ」

信平に応じたお初が、萌生姫を連れて来た。

すでに支度をすませている萌生姫は、篠江に付き添われて書院の間に入り、信平に三つ指をつく。

「お助けいただき、ありがとう存じまする」

信平がうなずく。

「達者で」

「はい」

笑みを浮かべる萌生姫を見て、正信が言う。

「萌生、もう二度と、無理な縁談は進めぬと約束する。きっとそなたに相応《ふさわ》しい相手を探すゆえ、兄を許してくれ」

「許す代わりに、萌生の願いを聞いてください」

突然の申し出に驚いた正信は、信平をちらりと見て、萌生姫に目を向けた。

「神田の屋敷でゆっくり聞く。それで良いか」

「いいえ、信平様の前で聞いていただきとうございます」

強気な萌生姫に、正信はごくりと喉を鳴らした。

「なんじゃ。言うてみよ」

「わたくしは、時風が可愛《かわ》ゆうございます」

「うむ。知っておる」

「その時風が、引き合わせてくれたお方がおられます。嫁ぐなら、そのお方がよろしゅうございます」

正信が口をあんぐりと開けて、涼しい顔で座っている信平を見た。萌生姫は、美しい顔をしている信平に魅了されたに違いない。

正信はそう思い、慌てた。

「ここ、これは、ご無礼を」

頭を下げた正信が、そのままの姿勢で、顔を萌生姫に向けて告げる。

「口をつつしめ。信平様は、奥方様がおられる」

「存じております。美しくて、お優しい奥方様でございます。わたくしは、お松様のようになりとうございます。あのお方に嫁いで」

萌生姫は、信平ではなく、廊下に顔を向けた。

正信が顔を上げ、萌生姫の肩越しに廊下を見た。その視線の先には、目を丸くして、顔を真っ赤にしている玄四郎がいるではないか。

「まさかとは思うが、時風が引き合わせた者と申すは、あの者か」

「はい」

萌生姫が、恥じらいつつもはっきり返事をしたので、正信は、玄四郎よりも顔を赤くして怒った。

「なな、なんたること」

卒倒しそうな正信に代わって、篠江が怒った。

「姫様なりませぬ。玄四郎殿には、危ないところを助けていただきましたが、恋と勘違いされてはいけません。それは恋ではなく、恩義です」

「いいえ、わたくしは、玄四郎様をお慕いしております」

「姫様！　玄四郎殿は、馬泥棒なのですよ！」

声をあげた篠江が、はっとした。

「これは、言いすぎました」

慌てて詫びたので、玄四郎は首を横に振った。

その玄四郎に、鈴蔵が告げる。

「だからやめろと言ったのだ」

「……………」

玄四郎は返す言葉もなく、うな垂れている。

鈴蔵が、玄四郎の肩をたたいた。

「こうなったら、言うからな。いいな、玄四郎」

「いや、しかし……」

躊躇う玄四郎を見て、信平が訊いた。

「鈴蔵、なんじゃ」

応じた鈴蔵が、玄四郎の前に出て口を開く。

「玄四郎殿は、馬のことになると確かに手癖が悪うございますが、出雲安来藩《いずもやすぎはん》三万石、名取阿波守《あわのかみ》様の次男でございます」

皆が仰天した。

信平が、ふっと、笑みを浮かべて問う。

「玄四郎殿、まことか」

「いや、お恥ずかしい」

首の後ろをなでながら、玄四郎は身を縮めた。

「おお」

と、声をあげたのは正信だ。

「聞いたことがある。隣国出雲には、武芸に秀《ひい》でた暴れ者だが、民に慕われている若殿がいると。確か名は、名取真之《さねゆき》殿」

鈴蔵がうなずいた。

「玄四郎というのは、真之殿の別名でございます」

「おい」

玄四郎が口を止めようとしたが、鈴蔵が手を払い、秘密を話さぬという昔からの約束を破ってすべて話した。

玄四郎は五年前に安来を飛び出し、名馬を求めて全国を渡り歩いていたのだ。

名取家では、たまに帰ってくる玄四郎を城にとどめようとしたが、まるで忍びのような身軽さで、抜け出していた。

「さようでござったか」

嬉しそうな正信が、玄四郎の前に座り、手を取った。

「玄四郎殿、時風をよう狙《ねろ》うてくだされた。これも何かの縁、是非とも、妹をもろうてくだされ」

「いや、その」

「いやでござるか」

「いや、その」

「はっきりされよ」

正信に詰め寄られて、玄四郎は舞い上がった。

そんな玄四郎に、信平が声をかける。

「玄四郎殿」

「はい」

「名馬を求める放浪の旅は、終わりにいたさぬか」

玄四郎は、萌生姫を見た。

萌生姫も、潤んだ目で玄四郎を見ている。

信平に笑顔で応えた玄四郎は、居住まいを正して、正信に頭を下げた。

第四話　雨宿り

一

「おやめください。どうか、お助けを」

恐怖に満ちた顔で懇願する女が、覆面をつけた侍から逃げようとした。

逃げる女の髪の毛をつかんで、暗い路地に引きずり込んで押し倒した男は、馬乗りになり、顔を殴った。女は呻いたが、男は手をゆるめず、殴打した。

「女など。女など」

男が何度も同じ言葉を繰り返しているうちに、女の身体から力が抜けた。

鼻と口から血を流し、声にならぬ呻き声をあげている女から離れた男は立ち上がり、血で汚れた拳を見つめ、倒れている女を見くだした。

「男に媚びるお前が悪いのだ。これに懲《こ》りて、二度とあのようなことをするな」

そう声を張ると、歩み去った。

顔を覆面で隠した怪しい者が路地から出たのを見かけた町の男が、通りすがりに、何気なく路地に目を向けて立ち止まった。微かに、人の声がしたのだ。

「誰かいるのかい」

そう言って、路地に足を踏み入れた男は、顔が腫《は》れ上がり、血を流している女を見つけてぎょっとした。

「ここ、こいつは酷い。おい、大丈夫か」

声をかけると、女は意識が朦朧《もうろう》とする中で、弱々しく求める。

「助けて」

「もう大丈夫だ。今、人を呼んでくるからな」

急いで表通りに戻った男は、遠くにぼんやりとした明かりが見える自身番に走った。

町役人と共に駆け付けたのは、見廻《みまわ》りの途中で立ち寄っていた五味正三だ。

顔を殴られ、鼻が曲がっている女を見て、顔をしかめる。

「また出やがったか。酷いことをしやがる。おい、今助けてやるからな。気をしっかり持て」

声をかけ、役人に戸板を持って来させると、近くの医者に運ばせた。

見つけた男が、二本差しの怪しい人影を見たと言うので、五味は金造親分と共に、曲者が逃げた方角へ走った。

だが、夜道にそれらしい姿はなく、

「逃げやがったか」

五味は恨めしげに言い、顔を空に向けた。

五味があきらめて自身番に足を向けた頃、女を痛めつけて逃げた男は、掘割りを流れる水で手に付いた血を洗い、覆面を取った。

まだ幼さが残る色白の顔は、能面のように表情がない。

若者はあたりを見回し、見ている者がいないのを確かめると、暗い路地に入り、裏木戸を開けて入った。

裏庭からこっそり自分の部屋に戻り、障子を閉めた時、待っていたかのように廊下に足音がした。

「ごめん」

声をかけて障子を開けたのは、用人の坂口《さかぐち》だ。

男は、しまった、という顔をしたが、それはほんの一瞬で、微笑みを浮かべた。

「坂口、なんの用だ」

「若、外に出ておられましたな。まさか、また――」

「だとしたら、どうする」

反抗する白い目を向けられて、坂口は言葉を失った。

廊下に立っている坂口の背後に、打掛を羽織った女が現れ、鋭い目を男に向けた。

男は見返したが、すぐに顔をうつむけ、震える両手を見つめて訴える。

「母上、この手が、この手が勝手に、女を傷つけてしまうのです。いけないことだと分かっていても、自分では抑えられないのです」

震える息子に母親が歩み寄り、手を振り上げたのだが、思いとどまり、目をつむって手を下ろした。

「陽之介《ようのすけ》、お前は父上の部屋に行っていなさい。分かっているとは思いますが、今夜のことは、父上に言ってはなりませぬ」

うつむいたまま部屋から出た陽之介は、母親が坂口と話をする声を聞いて無表情になり、長年病に臥している父の部屋に歩みを進めた。

陽之介の姿が見えなくなると、母親の鈴江《すずえ》は、険しい顔を用人に向けた。

「坂口」

「はは」

「このことが公になれば、陽之介はどうなるのです」

訊かれて、坂口は厳しい目を向けた。

「当然、ただではすみませぬ。殿が長年病床に臥せられておりますゆえ、公儀は必ず、改易にもっていくでしょう。それよりも、殿がお怒りになり、若を手打ちになさるやもしれませぬ」

「立つのもひと苦労の殿に、そのようなことができるものですか」

「小姓がついております。口で命ずるのみで、いかようにもなりまする」

「そうならぬようにするのが、お前の役目ではないですか」

「しかし、若の首に縄を掛けるわけにはは」

「坂口、陽之介は、わたくしにとって命よりも大切な子です。あの子が手打ちにされるようなことになれば、わたくしも生きてはいけません」

坂口は、鈴江を睨んだ。

「わしを置いて、死ぬると申されるか」

坂口が強く言うと、鈴江は態度を和《やわ》らげ、媚びを売る顔つきで口を開く。

「いやなら、手を考えておくれ」

坂口は、ひとつため息を吐いた。

「すでに、手は打ってござる。先日医者が申したように、若は心の病。年を重ねて大人になれば、女を殴るなどという奇行は治まりましょう。それまでは、外で発作を起こさせぬために生贄《いけにえ》を差し出して、若の荒ぶる心を鎮《しず》めましょう」

「生贄？」

「さよう。女を殴りたいなら、この屋敷の中で殴ればいい。そのための女を若に与えて気を晴らしていただけば、外に出て女を狙うことはなくなるでしょう。若にはしばらく離れにお移りいただき、監視を付けて、外に出られぬようにいたしまする」

「それは良い考え。すでに手を打っていると申したが、生贄にする女は、めぼしを付けているのですか」

「はい」

「どこの誰です」

「ご心配なく。奥方様に申し上げるまでもないほど身分の低い者でございますので、万が一のことがありましても、どうにでもなります」

「万が一とは、何です」

「若に殴られて、女が命を落とすことでござる」

「死ぬのですか」

「万が一、と申しました。若には、人を殺す度胸はござらぬ」

「分かりました。では、お前にまかせます」

「はは」

去ろうとした坂口の袖を、鈴江が引いた。赤い唇に笑みを浮かべて、別の部屋に連れて行くと、障子を閉めて坂口の手をにぎり、耳元でささやく。

「殿はもはや、息をしているだけのようなもの。なんの役にも立ちませぬ。お前がわらわと陽之介を守ってくれると、信じています」

女ざかりの鈴江に言われて、坂口は薄笑いを浮かべた。

「奥方様は、悪いお人だ」

鈴江は微笑み、坂口に背を向けて身体を預け、手を着物の中へ招き入れた。

「奥方様、このようなところで」

「よいのです。この部屋には誰も来ませぬ。わたくしはそなたのもの、そうでしょう」

息子が市中に出て女に怪我を負わせて戻ったというのに、何もなかったかの如《ごと》く、灯明《とうみょう》もない暗闇の中で家臣と絡み合う母の吐息を、陽之介は、廊下の片すみで聞いている。

その顔には、長年父を裏切り、家臣と密通を重ねてきた母親に対する憎悪が浮かんでいる。

脇差の柄をにぎっている手は、密通の場に押し入り、二人とも斬ってしまいたい気持ちと、母に対する愛情とがぶつかり、震えていた。

幼い頃から、母の裏切り行為を見せられてきた陽之介は、母を恨んでも恨み抜けぬ、もやもやとした怒りのようなものが奥底にとどまったまま成長し、十七歳になった。

尋常な男であれば、成長するにつれて異性への興味が湧き、やがては、恋心が芽生えるのであろうが、この陽之介の場合は、女というものは、己のことしか考えず、男を道具としか思っていない生物だと決めつけている。不幸というべきは、男に媚びる女に母を重ねてしまい、憎悪を抱いてしまうことだ。

町で男に媚びを売る女を見かけた時などは、母親が坂口と絡み合う場面が突如として脳裏に浮かび、

る。

「女め」

と、心の底に溜《た》まっている怒りが突き上がってしまい、気持ちを抑えられなくなる。

今宵陽之介が襲ったのも、人目を憚《はばか》らず男に甘えた声でしゃべり、人気のない御堂の中で身体を合わせるような女だった。

その姿を、ふしだらな母親と重ねた陽之介は、家に帰る女を尾行して、身勝手な怒りをぶつけたのだ。

陽之介がこのような怪物になってしまったのは、息子が自分の裏切りに気付いていないと思っている鈴江と、用人の坂口のせいだと言えよう。

そして二人は、ふたたび大きな過ちを犯そうとしている。

二

月日は流れ、ふた月が過ぎた。

信平邸を訪れた五味は、台所の板の間に上がり込み、黙って味噌汁を堪能《たんのう》していたのだが、空になったお椀を膳に置いて、相手をしてくれていた善衛門におかめ顔を向けた。

そんな五味の態度と顔つきを見て、善衛門が言う。

「今日は、珍しく機嫌が悪いの」

「分かります？」

「分かりたくもないが、分かる」

「あたしだってね、道理に合わないことには腹を立てますよ。聞いてもらえます？」

善衛門が返事をする前に、五味はしゃべりはじめた。

不機嫌な理由は、女を殴って痛めつける事件のことであるが、そのようなことをする咎人に対して怒るのは当然。五味が、それにも増して憤慨《ふんがい》しているのは、奉行所の方針だった。

五味が自身番から駆け付けて女を助けた日から今日まで、いろいろなことがあった。

まずは、殴られて大怪我を負わされ、五味が助けた女のことだ。

あの夜襲われた女は、亭主のある身でありながら間男《まおとこ》をしていて、事件を機に離縁されたという。

あれ以来ふた月、事件はぷっつり起きなくなったので、夫の仕業だろうということになり、探索は打ち切りになったのだ。

話を聞いた善衛門が、眉をひそめた。

「それは妙なことだ。怪我を負わされたのはその女だけではないのであろう」

「そのとおり」

「では、他の女たちのことはどうなる」

「新たな事件が起これば、ふたたび探索をはじめるそうです。ようは、関わりたくないのですよ。覆面の男が、二本差しでしたから」

「侍か」

「はい」

善衛門は、五味を睨んだ。

茶をすすっていた五味が、訝く顔をした。

「なんです？」

「さてはおぬし、殿を頼る気じゃな」

「あっはっはっは。さすがは御隠居、いや、福千代君の守役だけのことはありますな。鋭い」

善衛門が目を細めて、したり顔をした。

「残念じゃったな。殿はおられぬぞ」

「えっ」

当てが外れた五味は、眉尻を下げた。

「お城ですか」

「いや、大名に招かれて出かけておられる」

屋敷に来た時に、佐吉と頼母と鈴蔵の顔を見ていた五味は、善衛門に疑わしげな顔を向けた。

「お一人で？」

「さよう。たまには一人で歩きたいと申されてな」

「それはそれは。では、招かれたのは親しいお方なのでしょうな」

「ま、そういうことじゃ。話があるなら、帰りを待て。日暮れまでには戻られる」

「はいはい。では、そうしましょう」

五味は味噌汁のお椀を持ち、台所にいるお初に声をかけた。

「今日の豆腐の味噌汁は、また格別の味でした。まだあります？」

洗い物をしていた新入りのおきぬが振り向き、お初に嬉しそうな顔を向けている。

お初はおきぬとなにやら言葉を交わして、新しいお椀に味噌汁を入れて持ってきてくれた。

五味が満面の笑みで受け取ると、お初が笑みで伝える。

「おきぬが褒めてもらって喜んでいますよ」

「ええ？　それじゃこれは」

驚いた五味が熱い味噌汁を見て、お初に顔を上げた。

お初は怒るでもなくうなずき、空いたお椀を持って台所に下りた。

善衛門は、固まったように動かなくなった五味に、小声で言う。

「今日の汁はな、新しく雇った下女がこしらえたそうじゃ。味が見抜けぬようでは、おぬしもまだまだじゃな」

助けを求める顔を向けた五味に、善衛門は首を横に振った。

「案ずるな、お初はそのようなことで怒りはせぬ」

「笑いを我慢して言わないでくださいよ、ご隠居」

「ま、ゆっくりしておれ。わしはお役目があるゆえ、奥へ行く。ではな」

善衛門は五味の肩をたたき、板の間から去った。

五味は、湯気が上がる味噌汁を遠慮がちにすすり、下を向いて首をかしげてぼそりと言った。

「お初殿の味なんだけどなぁ」

「そうですよ」

という声に驚いて顔を上げると、おきぬが立っていた。

「お初様に、作り方を一から教えていただきました。お褒めいただき、ありがとうございます」

「そうだよな。やはりこの味は、そうだよな」

「はい」

おきぬは笑顔でぺこりと頭を下げて、笊を抱えて元気よく勝手口から出ていった。

安堵した五味は味噌汁を飲んで、

「旨い！」

と、大声をあげたのだが、お初は振り向きもせず、夕餉の支度にかかっていた。

三

五味が味噌汁を堪能していた時、鷹司松平信平は、酒宴に招かれた三瓶藩の別邸から帰っていた。

原宿村《はらじゅくむら》にある別邸は、藩主の太田石見守正充が趣向をこらして造らせたもので、渋谷川の支流を引き込んだ池で山女魚《やまめ》を飼っていた。

糸を垂らして山女魚釣りを楽しみ、釣った魚をその場で調理させるのであるが、腕の良い料理人がこしらえる品は、どれもこれも絶品であった。

何より嬉しかったのは、石見益田藩の萌生姫が、出雲安来藩の名取家への輿入《こしい》れが正式に決まったことを正充が教えてくれたことだ。

萌生姫は、分家が許されて一万石の大名になる名取玄四郎のもとへ、名馬時風と共に嫁いでいくという。

信平は、嬉しそうに話していた正充の顔を思い出しながら、原宿村の道を歩いて帰っていた。

彦根藩の下屋敷を左手に見つつ歩んでいる時、冷たい風が吹き、雨が降りはじめた。

雲行きが怪しかったので先を急いでいたのだが、とうとう降ってきたのだ。

思いのほか雨足は強く、信平は、近くの農家の軒先に駆け込み、雨宿りをした。

家の前に広がる田畑は白く霞《かす》み、雨はすぐに止《や》みそうにない。

嵐のような風が吹き、軒先にいても雨に濡れた。

もう少しだけ弱まれば、走って帰ろうかと考えて空を見上げていると、家の戸が開いた。

信平は顔を向け、家人に告げる。

「すまぬ、勝手に軒先を借りた」

すると、白髪の目立つ五十代と思しき男が、笑みもなく頭を下げた。

そして、狩衣姿の信平を珍しそうに見て、声をかけてきた。

「ずいぶん濡れておられる。ここは冷たい風が吹き抜けますので、どうぞ、中でお休みください。ささ、どうぞ」

「いや、迷惑はかけられぬ」

「そこに立っておられたほうが気になります。むさ苦しいところですが、雨に濡れるよりはましでございましょう」

そう言った表情に、男の優しさを感じた信平は、遠慮なく世話になることにした。

「では、お言葉に甘えて」

頭を下げた信平は、誘われるまま家に入った。

囲炉裏《いろり》に薪がくべられて、その匂いが充満している家の温《ぬく》もりは、ほっとさせてくれた。

土間を歩んで奥へ行くと、板の間の囲炉裏端には、先客が二人いた。若い男女は、共に座っている五十がらみの女の身なりとは違い、見たところ町人で、着ている着物の質から察して、商家の者のようだ。

家人の夫婦は、信平が来る前に軒先で雨宿りしていた若い二人を、家の中に誘い入れたのであろう。

信平は、そう思っていた。

信平が名乗る前に、家人の男が茄七《かしち》と名乗り、女房を紹介した。

「これは、きせでございます」

きせは、緊張した面持ちで信平に頭を下げ、

「どうぞ、お上がりください」

目を合わせずに言うと腰を上げ、囲炉裏端の場所を空けた。

「あいすまぬ」

信平は狐丸を鞘ごと抜いて座り、右手側に置いた。

鶯色の鞘に、金の金具を使った雅な狐丸に、皆が目を向けている。

きせが白湯《さゆ》を出してくれたのを機に、信平は名乗った。

「麿は、鷹司松平信平と申す」

「へへぇ」

名を知っているのかどうかは分からぬが、夫婦は両手をついてさも大袈裟に頭を下げ、囲炉裏端にいる若い男女は、一度顔を見合わせ、頭を下げた。

そして若い男女が、遠慮してそばから離れようとしたので、信平は止めた。

「気遣いは無用じゃ。共に、温まらせてもらおう」

すると若い男女は、土間に立っている茄七を見て、元の位置に座りなおした。きせが、若い二人の後ろに背を向けて座り、縫物をはじめた。

誰もしゃべらず、沈黙が続く。

囲炉裏にくべられた薪の火のゆらめきを眺めていると、身体の芯《しん》まで温まってきた。

茅葺《かやぶ》きの屋根から滴《した》り落ちる雨粒の音が弱まったのは、さらに半刻《はんとき》（約一時間）が過ぎた頃だ。

外は暗くなりはじめている。

信平は、上がり框に腰かけている茄七に顔を向けた。

「雨は小降りになりましたか」

すると茄七が、炊事場《すいじば》の格子窓に歩み寄り、外を見た。

「はい。小雨《こさめ》になっています」

「さようか」

信平は帰るために、狐丸に手を伸ばした。すると、隣に座っていた若い女が、信平の袖をつかんだ。

信平が目を向けると、男と女が、助けを求める顔をする。

終始不安そうな顔をしていたことに気が付いていた信平は、雨足のことを気にかけているのだろうと思っていただけに、油断していた。

信平は、茄七ときせの様子を探った。

茄七は外を見ている。

きせは、なおも針仕事を続けていた。

二人とも、若い男女を監視しているようには思えなかったが、信平は、不安げな顔をする者を置いて帰る気になれず、誘ってみた。

「二人は、どこまで帰る」

すると、男が答えた。

「四谷《よつや》でございます」

「では、共に帰ろう」

信平の言葉に飛び付くように、男がはいと答えた。

「そいつはならねぇ」

声をあげたのは茄七だ。若い男が目を見張るので、信平が振り向くと、茄七が火縄《ひなわ》銃《じゅう》を構えていた。猟《りょう》に使う火縄銃だ。弾が当たれば命はない。

「お武家様、すまねえ。この二人を今帰すわけにはいかねぇんでさ。こうなっちまったら、お武家様も帰せねぇ。誰も傷つけたくない。大人しくしていておくんなさい」

「あい分かった」

信平が言うと、

「お刀を預からせていただきます」

茄七が告げ、女房に顎で指図する。

「お渡しください」

と言ったきせが、申しわけなさそうな顔で両手を差し出した。

年老いた夫婦の顔には、悲愴感が漂っている。

何か深いわけがありそうだと直感した信平は、黙って狐丸を渡した。

若い男は、逃げられぬと思い途方にくれた顔になり、女は泣いた。

「何ゆえこのようなことをするのか、聞かせてくれぬか」

信平が、鉄砲を構える茄七に顔を向けた。

「麿は逃げぬゆえ、鉄砲を下ろして話してみぬか」

「ね、念のため、縄を掛けさせていただく」

茄七が告げると、きせが藁縄を持ってきて、

「お許しを」

と、ことわり、信平の身体を縛った。

ようやく鉄砲を下ろした茄七が、火縄を消して壁に立てかけ、座敷に上がって若い男女も縄で縛った。

「大人しくしていれば、怪我はさせねえから」

茄七が言った時、表の戸が開いた。

「おとう、おかぁ。帰ったぞ」

そう言って入ってきた息子が、縄で縛られている信平を見てぎょっとした。

「だ、誰だ、この人は」

「家の前で雨宿りされていたお方だ」

茄七が答えると、息子が困った顔を向ける。

「それがどうしてこうなるんだよ」

「寒そうだと、かかぁが言うから入れてさしあげたのだが、粂治郎《くめじろう》坊ちゃんを連れて帰ろうとされたので、こうするしかなかった」

さして悪びれもしない茄七に、息子は頭を抱えた。

そして、信平に両手をついた。

「お見受けしたところ、御身分がおありのようでございますが、お名前をお教えください」

信平が答える前に茄七が口を開いた。

「このお方は、鷹司松平信平様だそうだ」

信平のことは知らずとも、武家の中でも名家が多い松平と聞いて息子が慌てた。

「とと、とんでもねぇことを」

息子は、信平の縄を解こうとしたのだが、母親が止めた。

「仁助《じんすけ》やめとくれ。ことが終わるまでは、誰にも邪魔はさせないよ」

「おかぁ、何を言ってるんだ。このお方は関係ねぇだろ」

「鉄砲で脅したんだ。ただじゃすまない。放したら手打ちにされるよ」

「麿はそのようなことはせぬ」

母親は信平を信用しなかった。

「娘が帰るまで、辛抱《しんぼう》してくだせえ」

母親がそう言って手を合わせるので、信平は、何があったのか訊こうとしたのだが、父親が先に口を開いた。

「仁助、どうだった。おみつのことは分かったのか」

「ああ。常陸屋《ひたちや》の旦那が、必ずおみつを返すと約束した」

仁助が伝えると、茄七ときせは、娘が生きていたと言って泣いて喜んだ。

「みつ……」

そうつぶやいたのは、粂治郎だ。そして、びっくりした顔を茄七たちに向けて問う。

「お前さんたち、おみつの親兄弟だったのか」

すると仁助が、険しい顔を向けた。

「そうだ。おみつはおれの妹だ」

「どうしてこんなことをする。おとっつぁんがおみつを返すとはどういうことだ。おみつは、嫁に行ったんじゃないのか」

「まだ十五の妹が嫁ぐものか。お前の親父《おやじ》が嘘を言っているんだ。おみつはな、お前の親父がどこかに隠してやがるんだ」

「そ、そんな馬鹿な」

「嘘じゃない。おみつは、先月の五日に帰ってくることになっていたのに帰らなかった。心配になって迎えに行ったら、高い熱が出て寝ていると言われて、会わせてももらえなかった。仕方なくその日は帰ったんだが、いつまで待っても帰らないのでふたたび迎えに行くと、店の丁稚が、しばらく姿を見ていないと言いやがったんだ」

仁助は、その後は毎日常陸屋に行ったが、あるじ睦右衛門《むつえもん》は居留守を使い、店の者も知らぬ存ぜぬで、行方が分からなくなったという。

器量が良い妹は、どこかに売られたに違いないと思い詰めた仁助は、親と相談して、常陸屋の息子粂治郎が外出するのを待って尾行し、手荒なことをしてでも人質にして、睦右衛門にみつを返せと迫るつもりでいたのだ。

しかし、人を尾行することに慣れていない者にとって、人気のないところで襲って人質に取るなど、簡単にできることではない。

仁助は、尾行しているうちに人混みに邪魔され、粂治郎を見失っていた。

だが、天はこの親子に味方したのである。

あきらめて家に帰った仁助は、妹を心配するあまりふさぎ込んでいた。やがて雨が降りはじめ、ますます気分が落ち込んでいたところへ、粂治郎が女を連れて雨宿りを頼みに来たのである。

条治郎は、この家の近くにある寮で暮らしていた幼馴染《おさななじみ》のふみに会いに来て、二人で縁日に遊びに行った帰りに、雨に降られたのだ。

ここに信平が加わったのは、まさに、この親子の幸運と言えよう。

というのも、外に怪しい気配が近づいたことに、信平が気付いたのである。

「外に曲者がおる。どうやら、妹を返す気はなさそうだ」

信平が仁助に言った、その時、戸口が蹴破られ、曲者が乱入した。

抜き身を振りかざした浪人風の男が、驚いて上がり框から立ち上がった茄七に迫った。何も言わず、刀を振り上げて襲いかかる。

「わあ！」

茄七は、手元に置いていた薪を投げつけたが、浪人は刀で打ち払った。

座敷に逃げる茄七を追った浪人が、背中を斬ろうとしたが、

「うっ」

刀を振り上げたまま動きを止め、目を見開く。

隠し刀で縄を切り飛ばした信平が茄七を助け、浪人の喉元に切っ先を突き付けたのだ。

信平の凄まじい剣気に押され、刀を振り上げたまま後ずさりする浪人者。

信平は、涼しい顔をして迫り、浪人者を外まで押し出した。

外には三人の曲者が待っていた。二人は浪人風だが、一人だけ、覆面をつけた侍がいた。無紋の羽織袴だが、おそらくあるじ持ち。

百姓など一人で十分、とでも言っていたのであろう。狩衣姿の信平が仲間を押し出したので、皆驚いた顔をしている。

「何奴！」

大声をあげた仲間の浪人者に、信平は鋭い目を向けた。

「それはこちらが問うことじゃ。常陸屋睦右衛門の手の者か」

曲者どもが答えるはずもなく、一斉に抜刀した。

仁助が家の中から飛び出してきて、信平に狐丸を差し出す。

受け取った信平は、静かに鯉口を切った。

「斬れ！」

覆面の侍が言うや、浪人どもが襲いかかった。

信平は抜く手も見せず抜刀して、相手の刀を弾き返した。

浪人の手から刀が飛ばされ、くるくると回って仲間の足下に突き刺さる。

襲いかかった浪人の着物が返す刀で斬られ、ぱっくりと口を開けた。

「く、うう」

狩衣姿からは想像もできぬ信平の剣術に、浪人どもは絶句して下がった。

「ひ、引け、引け！」

覆面の侍が言い、真っ先に走り去る。

浪人どもは、信平を警戒して下がり、きびすを返して逃げていった。

狐丸を鞘に納めた信平が振り向くと、茄七と仁助が濡れた地べたに平身低頭した。

「中で話をしよう」

信平は二人を立たせて、家に入った。

「どうして、このようなことに」

きせは、顔を真っ青にして震えながら問う。

「仁助、どうしてお武家が来るんだい」

「おれに訊かれても、分からねぇ」

娘の身を案じて号泣する母の姿を見て、仁助が条治郎を責めた。

「お前の親父は、妹に何をしたんだ！　言え！」

「知りません。わたしは何も知らないのです」

条治郎が、顔を引きつらせて必死に訴えた。

「嘘を言うな！　同じ屋根の下に暮らして知らないやつがあるか！」

条治郎に飛びかかろうとした仁助を、信平が止めた。

「どうやら、まことに知らぬようじゃ」

「…………」

仁助は、悔しそうな顔で信平を見て、引き下がった。

信平が告げる。

「あとは麿にまかせて、二人を放してやらぬか。罪なき者を巻き込むな」

「あなた様と、こちらの娘さんには、申しわけないと思っています。ですが、条治郎は睦右衛門の息子です。帰すわけにはいきません」

「わたしは帰りませんよ」

条治郎が気を張る。

「悪いことに手を染めている父のところへなど、帰りたくない。おみつを助ける手助けになるなら、ここに残ります」

「お前」

仁助が驚いた。

「条治郎さんが残るなら、わたしも残ります」

ふみが口を開いたので、条治郎がかぶりを振った。

「だめだ、おふみちゃんに迷惑はかけられない。仁助さん、お願いだ。おふみちゃんは何にも関係ないのだから、帰らせてくれ」

「分かった」

仁助がふみの縄を解き、立たせようとしたのだが、ふみは手を払い、条治郎にしがみ付いた。

「あたし帰らない。そばにいるわ」

「おふみちゃん」

二人を見て、仁助が困り顔で告げた。

「信平様が手をお貸しくださるからもういい。お前たちは帰れ」

条治郎の縄を解いたのだが、条治郎は動かなかった。

「父がおみつを返すまで、家には帰りません」

頑《かたく》なに言い張るので、信平が口を挟んだ。

「息子が人質になっておるのに襲わせたのは、おそらく武家の指図。ふたたび襲ってくるやも知れぬゆえ、皆で、麿の屋敷へまいれ」

だが、きせが拒んだ。

娘が帰るかもしれないので、家を離れたくないという。

茄七が説得したが、きせは一人で残ると言うので、信平は仕方なく、近くの農家の者に頼み、赤坂の屋敷に走らせた。

知らせを受けた善衛門たちが、急ぎ信平のもとへやって来た。

その中には、五味もいる。

五味は十手を抜いて肩に置き、信平に言った。

「それがしも手伝います。この件が片づいたら、手伝ってもらいたいことがありますので遠慮はいりませんから」

「ふむ」

信平は、皆を外に連れ出して、今後の打ち合わせをした。

善衛門は信平と家の中に入り、佐吉と頼母は、外の警固に立った。そして、五味とお初と鈴蔵は、信平の指示に従い、四谷の常陸屋へ向かった。

「常陸屋、どうなのだ」

店の上がり框に腰かけた五味は、顔を後ろに向けて訊いた。

「奉公していたおみつという娘を売られたという訴えが親からあったのだ。正直に申さぬと、ためにならんぞ」

「はい、はい」

あるじの睦右衛門は、額に緊張の汗を浮かべている。その汗を布で拭い、すがるように口を開く。

「五味様、おみつのことは、わたしも困り果てているのでございます」

「どういうことだ」

「実はおみつは、日頃お世話になっている御旗本から是非にと頼まれまして、今はあちらの御屋敷で奉公しているのでございます。給金が良いのもさることながら、百姓の出の娘が御旗本に奉公できるなどめったにないことでございましたので、おみつにどうかとすすめましたところ、喜んで行くと申しましたのです」

五味は、疑わしげな目を向けた。

「そいつはめでたい話だが、親が知らぬとはどういうことだ」

「それはおみつが百姓の娘だからです。奉公に上がる条件として、親兄弟、縁者にいたるまで、決して言わぬように、と、御旗本から言いつけられております。これはおみつも承諾しておりますので、この店では、わたしとおみつしか知りませぬ。ですので、仁助さんが来られた時も黙っていたのでございます」

「それが何を招いた。娘を心配するあまり、息子を攫ったんだぞ」

五味の厳しい声に、睦右衛門は両手をついた。

「内密にする言いつけに背きますと、出入りを禁止されてしまいますので、どうしても言えなかったのでございます。昼間に仁助さんから、息子を人質にしていると聞いて、わたしはすぐにおみつをお返しいただくよう頼みに行ったのです。ですが……」

睦右衛門は、頭から滝のように流れる汗を拭い、押し黙ってしまった。

五味が先回りをして問う。

「返さぬと、言われたのか」

「はい」

「その旗本の名は」

「どうか。御勘弁を」

床に額を擦り付ける睦右衛門に、五味は厳しい目を向けた。

「常陸屋、粂治郎がいる茄七の家を、侍と浪人が襲ったのだぞ」

そう教えると、睦右衛門が驚愕《きょうがく》した顔を上げた。

「ま、まさか」

「嘘ではない」

「息子は、粂治郎は無事なのですか」

「安心しろ。やんごとなきお方が雨宿りをされていたお蔭で、曲者を追い払った。まったくの偶然だが、その方がいなかったら、今頃はどうなっていただろうな」

一粒種の粂治郎がそのような目に遭っていたことを知り、睦右衛門は、がたがたと震えはじめた。

五味が、もうひと押しする。

「曲者を追い払ったのは、将軍家に御縁のあるお方だ」

「え！」

睦右衛門が愕然とした。五味は厳しい顔で伝える。

「そのお方が、おぬしを怪しんでおられる。隠し立てするとためにならぬと申したのはそういう意味だ。後ろめたいことがないなら、旗本が誰なのか正直に申せ。言わねば、大番屋に引っ張るぞ」

「ははぁ」

睦右衛門はかしこまり、五味に告げた。

「市谷《いちがや》の御旗本、墨田《すみだ》兼保《けんもつ》様でございます」

「うむ。よう申した」

五味は立ち上がり、店から出て奉行所に帰るふりをして辻を曲がると、路地に駆け込んだ。そこで待っていたお初に、おかめ顔いっぱいに笑みを浮かべ、墨田の名を教えた。

うなずいたお初が、

「これから屋敷に忍び込むから、信平様にお知らせしてちょうだい」

と、真顔で言い、暗い路地を駆け去った。

颯爽《さっそう》とした後ろ姿を見送った五味が、

「やはり格好が良いな」

と、うっとりして言い、信平のところへ走った。

鈴蔵は常陸屋に潜み、引き続き睦右衛門の様子を探っている。五味に見せたのが偽りの姿か否かを確かめるためだ。

五味が帰ったあと、睦右衛門は一人で仏間に引き籠もり、先祖に手を合わせて拝みはじめた。その様子から、嘘はないと察した鈴蔵は、お初を手助けするために、墨田家に向かった。

四

この夜、坂口と暗い部屋にいた鈴江は、屋根裏に潜む者がいることに気付きもせず、禁断の快楽の渦《うず》の中で悶《もだ》え果て、白い肌を布団に横たえていた。けだるそうに起き上がり、煙草《たばこ》を一服吹かすと、煙管《きせる》を坂口にくわえさせて言う。

「お前のおかげで、陽之介はすっかり大人しゅうなった。これで、我が家は安泰じゃ」

煙草を吹かした坂口が、目を細めて切り出す。

「ひとつ、気がかりなことがございます」

「女《おなご》の親か」

「はい。常陸屋が倅を攫われ、娘を返せと脅されたと申して泣きついて来ました」

「して、いかがした」

「憂いを断つために娘の親を始末しに行かせたのですが、思わぬ邪魔があり、しくじりました」

「邪魔とはなんじゃ」

「狩衣を着た、妙な男だそうです。恐ろしく剣の腕が立つらしく、手の者はやむなく逃げ帰ったそうです」

「用心棒でも雇っておったのか」

「おそらく」

鈴江は、悔しがった。

「騒いでもどうとでもなる身分低き者を入れると申したではないか。いかがするつもりじゃ」

「ご心配なく。人を増やして、今夜遅くそれがしが始末しに向かいます」

「陽之介が外で人を傷つけぬためにも、あの娘を手放すわけにはまいらぬ。親兄弟がうるさく言うて来ぬように、必ず息の根を止めよ」

「はは。必ず」

「娘のことは、他の者の目についておるまいな」

「抜かりはございませぬ。若が女に何をなされようと、母屋《おもや》には声すら聞こえませぬ」

「それならばよい。陽之介が大人しゅうしておりさえすれば、こうしてこころおきなく、お前と楽しめるというもの。そうであろう」

「はい」

鈴江が、坂口の厚い胸板に手を伸ばした。

「奥方様、出かける支度がございます」

「夜が更けるまでは、まだ間があるではないか」

鈴江は甘えた声で言うと、坂口を押し倒した。

屋根裏に潜んでいた鈴蔵は、音もなくその場を去り、屋根の上に出て座った。

外を警戒していたお初が近づき、

「どうだった」

と、訊くので、鈴蔵は含んだ笑みを浮かべた。

「大年増《おおどしま》の奥方が、家臣を引っ張り込んで楽しくやっている。奥方を満足させたあとで、家臣はふたたび茄七親子を襲う気だ」

お初は無表情で聞いていたが、鈴蔵に目を向けて問う。

「茄七の娘は」

「この敷地内の離れに、若殿と共にいるだろう。どうやらその若殿は、女を痛めつける悪癖があるらしい。親に伝えさせなかったのは、惨《むご》い仕打ちをしているからだ」

「五味殿が言っていたことに繋がる。もしや、女の顔を殴って怪我をさせた覆面の侍というのは」

「おそらく、ここの馬鹿息子だ」

鈴蔵の言葉に、お初は表情を厳しくする。そして、立ち上がった。

「鈴蔵はこのことを信平様に。わたしは娘を捜す」

「承知」

鈴蔵は音もなく屋根を走り去り、信平のもとへ向かった。

お初は屋根から裏庭に飛び降り、囚《とら》われているおみつを捜した。

離れらしき建物は、広い敷地内に五棟ほどある。その中で、明かりが漏れているのは一棟だけだ。

暗い庭の小道を歩んで行ったお初は、突如として現れた人影に身を伏せた。寄棒を持った家臣が、離れの周りを警固している。

警固の家臣は二人。

お初は一旦下がり、敷地の中を回って、離れの庭に入った。

庭木の茂みに身を潜めて様子をうかがうと、離れの一室に明かりが灯《とも》されている。

ひっそりと静まり返り、寂しげな雰囲気が漂っている様子に、お初は、そこに閉じ込められているであろうおみつの身を案じた。

五味の話では、曲者に殴られた女の怪我は、軽くはない。

そのような悪い癖がある男とひとつ屋根の下にいて、生きているのだろうか。

お初は、静かに庭を歩み、濡れ縁の下に潜んだ。

明かりが灯されている部屋から、男の低い声が聞こえた。だが、小声なので何を言っているのか分からず、応じる声もしない。

おみつは痛めつけられて、声も出せぬほどになっているのではないか。

お初は廊下に上がって、明かりがついていない隣の部屋に忍び込んだ。襖に耳を寄せて、隣の声を聞く。

しかし、声はしなかった。

遅い食事を摂《と》っているのか、それとも酒を飲んでいるのか、器が当たる音と、膳にお椀を置く音がする。

「おすみでございますか」

女の優しい声がしたが、男は答えない。

お初は、世話をさせられているおみつが膳を持って出ると思い、ふたたび庭に潜んだ。

程なく、障子に人影が映り、座って開けた。

おみつに違いないのだろうが、暗くて、顔の様子は見えない。

膳を廊下に置き、障子を閉めようとした隙間から、中にいる男の顔が見えた。

その男の顔を見たお初は、

「そういうことか」

と言って、庭から立ち去った。

五

手練の者を四人加えた坂口は、逃げ帰った浪人どもを厳しい顔で睨み、

「百姓の命を取るのは可哀そうだが、若を大人しくさせるためにはやむなきこと。娘を返せと言わせぬためにも、ぬかるでないぞ」

そう言うと、茄七の家に近づき、手を上げて差配した。

月明かりの中で、手の者が一斉に抜刀して、茄七の家に迫った。

表の木戸を蹴破り、二人が押し込む。続いて三人目が入ろうとした時、中から押し出された仲間とぶつかり、庭に転げた。

「ぎゃあ！」

家の中から悲鳴がして、もう一人の仲間が放り出された。

頭から突っ伏したその者は、尻を高く上げて気絶している。

「な、なんだ」

坂口は、息を呑んで戸口を見た。すると、黒くて大きな人影が現れ、ゆっくりと外へ出てきた。薙刀《なぎなた》の石突《いしづき》を地面に打ち立てて仁王立《におうだ》ちする大男は、佐吉だ。

見上げるような佐吉に、

「ば、化け物だ！」

浪人どもは悲鳴をあげて、逃げていった。

「待て！　逃げるな！」

坂口は、おのれ、と言い、佐吉に刀を構えた。

残っている配下に怯《ひる》むなと言い、袖をつかんで前に出した。

手練の者は、鋭い目を佐吉に向け、刀を正眼から脇構えに転じるや、

「やあ！」

気合を発して斬りかかった。

「おう！」

と、応じた佐吉が薙刀を振るい、相手の刀を擦り合わせて地面に押さえつけたかと思えば、

「むん」

気合をかけて腕を伸ばし、相手の顔を手の平で張り飛ばした。

二間《にけん》ほども吹き飛ばされたその者は、白目をむいて気を失っている。

御家一の遣い手と頼みにしていた者があっさり倒されたのを見て、坂口が目を見開く。

「お、おのれぇ」

刀をにぎりなおした坂口に、佐吉が迫った。

慌てた坂口が、刀を振り上げる。

「てや！」

打ち下ろされた刀を薙刀で弾き上げた佐吉は、薙刀をくるりと転じて、石突で坂口の腹を突く。

「おえぇ」

苦しみの声をあげた坂口が、刀を落として両手で腹を押さえ、両膝を地面に落として悶絶した。

苦しむ坂口は、目の前に現れた信平を睨み上げた。

「き、貴様か、わしの邪魔をしておるのは。そのような身なりをしおって、牛若丸《うしわかまる》と弁慶《べんけい》のつもりか。何者か知らぬが、百姓に安く雇われておるのだろう」

坂口は、懐から出した小判を信平の足下に投げた。

「十両くれてやる、去れ！」

「この無礼者が！」

佐吉が怒鳴った。その大音声《だいおんじょう》に、坂口がびくりとして息を呑む。

佐吉が薙刀の石突をかつりと打ち鳴らし、仁王立ちして言う。

「鷹司松平信平様であるぞ！」

「ま、まさか」

数々の悪党退治をしている信平の名は、坂口の耳にも届いていたのだろう。驚愕の顔をした坂口は、両手を地面にたたきつけて悔しがった。

戒心の様子も見えない坂口に、信平が告げる。

「そちのたくらみは、すべて露見しておる。茄七夫婦の娘みつは、生きておろうな」

坂口は、信平を睨み上げた。

「なんのことか、知らぬ」

「無駄じゃ。すでに、手の者が屋敷を調べておる」

「役目もない旗本が勝手にそのようなことをしてただですむと思うておるのか」

「調べておるのは、老中阿部豊後守様の配下じゃ」

「なっ！」

愕然とする坂口に、信平が告げる。

「このことは公儀を通して上様のお耳に届くと心得よ。みつが生きておらねば、ただではすまぬ。今一度訊く。みつは生きておるのか」

「し、知らぬ」

佐吉が薙刀を打ち鳴らした音に、坂口はびくりとした。

「ま、まことだ。若は娘を与えて以来、家の者に顔を見せぬし、誰も離れの中へ入れぬゆえ、見ておらぬ。しかし、食事を二人分運んでおるゆえ、生きているはずだ」

「ほんとうだな！」

佐吉が怒鳴ると、坂口が顔を引きつらせた。

「う、嘘ではない。自分の目で確かめられよ」

「では、まいるとしよう」

信平は、坂口とその配下の者を捕らえておき、家に入った。

頭を下げた茄七に、信平が告げる。

「茄七」

「はい」

「これより娘を迎えにまいる。粂治郎とふみを帰してやれ」

「ははぁ」

茄七が、粂治郎とふみの前に行き、頭を下げた。

「粂治郎坊ちゃん。おふみさん。申しわけないことをしました。許してくだせえ」

粂治郎が首を横に振った。

「あやまるのはわたしのほうです。父がとんでもないことをしました。お許しください」

「旦那様は、おみつのことを思うてなされたこと。悪いのは、騙した御旗本です。家に帰られましたら、旦那様にそうおっしゃってください」

茄七はそう言って頭を下げ、信平に、お願いしますと頭を下げた。

信平は、頼母に粂治郎とおふみを送って行かせ、善衛門と佐吉と五味に坂口らを連行させ、市谷の墨田家へ向かった。

鈴蔵が、茄七夫婦と仁助を促して、信平たちの後ろから付いて行く。

娘の身を案じる茄七は、村外れの道のほとりに並んでいた地蔵に手を合わせて拝んだ。

「痛めつけられてどのような姿になっていようが、生きていてくれさえすれば、それでいい。どうか、娘が生きていますように。どうか」

声を震わせる茄七を、仁助が促した。

「さ、急ごう」

茄七はうなずき、女房の手を引いて信平のあとを追った。

六

「奥方様」

坂口の帰りを待っていた鈴江は、廊下から声をかけた侍女に顔を向けた。

「何ごとじゃ」

「殿が、急ぎ書院の間に来るように仰せでございます」

病床に臥している者が、どうして。

そう思った鈴江は、いぶかしむ顔をした。

「このような夜中に、何ごとじゃ」

「分かりませぬ」

「わらわは今それどころではない。用件を訊いてまいれ」

「されど、拒めば手打ちにいたすと仰せです」

坂口とのことが兼保に知られたのかと思い、鈴江は不安になった。

だが、それはほんの一瞬のことで、

「殿はわらわに惚れておる。いかようにでも誤魔化してやるわえ」

余裕の笑みを浮かべて言い、手早く化粧をなおして立ち上がった。

廊下を進んでいた鈴江は、ふと立ち止まった。

「何ゆえ、書院の間」

そうつぶやき、不思議そうに首をかしげて、ふたたび歩んだ。

表屋敷に渡ると、廊下の端に兼保の小姓が片膝をついて待っていた。

その小姓が、鈴江に鋭い目を向けて促す。

「お急ぎください」

「分かっておる」

鈴江は不機嫌に応じて、打掛の裾をわざとぶつけるように翻し、書院の間に続く部屋に入った。奥の控えの間から、兼保が座っている上段の間に入るつもりで足を運ぶと、小姓が先に立ち、下段の間に行くよう示した。

「無礼者。わらわを下段の間に入れる気か」

「上段の間は、なりませぬ」

小姓が厳しい口調で下段の間に促すので、鈴江は不機嫌な顔で部屋を移り、下段の間の襖の前に立った。

小姓が襖を開けるのを待ち、足を踏み入れた鈴江は、そこに広がる光景に息を呑み、その場に立ち尽くした。

あるじ兼保が、上段の間に向いてうな垂れて座り、篝火《かがりび》が焚《た》かれた庭には、農家を襲ったはずの坂口と配下たちが、縄を打たれて座らされていたのだ。

上段の間に狩衣姿の信平が座っているのを見た鈴江は、その神々《こうごう》しい姿に身分のある人物だと直感し、体中に鳥肌を立たせた。

鈴江が来たことに気付いた兼保が、怒りに満ちた顔を向けたので、鈴江は笑みを作り、甘えた声を出した。

「お前様。これは何ごとでございますか。あのお方はどなたです」

「控えよ。鷹司松平信平様じゃ」

将軍家縁者と知り、驚いた鈴江は兼保の後ろに座って平身低頭した。

鈴江に顔を向けた兼保が、問いただす。

「信平様から話を聞いた。おのれは、何をしたか分かっておるのか」

「なんのことでございましょう」

「ええい、とぼけるでない。坂口も白状しておるのだ。みつという娘を騙し、陽之介につけたであろう」

「すべては、陽之介のためにございます。いえ、さらに申せば世の中の女を守るため。あの子が市中に出て、罪もない女を痛めつけるのをご存じでしたか」

「知らぬことじゃ」

「病に臥されていては当然。わたくしは、お前様の耳に入れてはお身体に障《さわ》ると思い、陽之介の悪い癖を直そうと考えました。あの子の気持ちを鎮めるには、こうするしかなかったのでございます」

「そのために、庭に控えておる茄七の娘を屋敷に入れたと申すか」

信平に問われて、鈴江は庭に顔を向けた。

野良着姿の老夫婦と息子が敷物《しきもの》に座っているのを見て、信平にそうだと答えた。

兼保が、ひとつため息をつく。

「信平様、ご迷惑をおかけしたこと、平《ひら》にご容赦《ようしゃ》を」

そう言って、脂汗を浮かせた顔を下げる兼保を見て、信平が声をかける。

「身体に障る。休まれよ」

「お気遣い、痛み入ります。しかし、今宵は気持ちが高ぶっておるせいか、不思議と力が湧いておりますので、ご心配なく」

「ふむ」

兼保は、鈴江に厳しい顔を向けた。

「陽之介が何ゆえ市中に出て女を痛めつけたのか、お前は分かっておらぬようだな」

「お前様は、分かっておられるのですか」

挑みかかるように言う鈴江に、兼保がうなずいた。

「陽之介が久々にわしを見舞い、屏風《びょうぶ》の陰に隠れてすべて話してくれた。坂口と不義密通を重ねるお前を恨んでおったが、母に怒りをぶつけられず、同じように男をあさる女に母の顔を重ねて、襲ってしまったそうじゃ。そうとも知らず、わしを裏切り続け、罪もない娘を生贄などと称して屋敷に連れてくるなど、畜生にも劣る行いじゃ」

鈴江は何も言い返すことができず、顔を真っ青にしている。

否定せぬ鈴江に、兼保は言った。

「手打ちにしても怒りは収まらぬが、陽之介にとってお前は、この世でただ一人の生母じゃ。恨んでおっても、死ねば悲しもう。ゆえに暇を出す。身ひとつで、どこへでも行くがよい」

「お前様、お待ちを」

「黙れ。わしに斬られたいか」

兼保が、怒りに満ちた目を見開いた。言葉に応じた小姓が、兼保の前に太刀を差し出す。

柄をにぎって抜けば、鈴江の命はない。

命が惜しい鈴江は、もはや言いわけは通じぬと思ったのだろう。血相を変えてその場から逃げた。

小姓を下がらせた兼保が、厳しい顔を庭に向ける。

坂口は、恐怖に満ちた顔で逃げようとしたが、控えていた家臣たちに取り押さえられた。

「見苦しいぞ、坂口」

悔しそうな兼保が、その場で沙汰をした。

「おそれおおくも、将軍家縁者の信平様に刃を向け、みつの親兄弟を抹殺せんとしたこと、決して許さぬ。坂口以下、この件に関わった者は厳しく罰するゆえ覚悟いたせ。連れて行け」

兼保の言葉に応じた家臣たちが、うな垂れている坂口たちを立たせ、庭から連れ出した。

庭が静まるのを待って、兼保が信平に向き直り、頭を下げた。

「此度のことは、すべてそれがしの不徳のいたすところ。いかような罰でも、甘んじて受けまする」

信平は答えず、庭に顔を向けた。

「茄七、いかがいたす。兼保殿を許せぬか」

「そ、それは、その、お許しを願うのは、わしらのほうではないかと」

墨田家に来る途中で、離れを探ったお初が現れ、おみつと陽之介の様子を聞いていた茄七は、恥ずかしそうに下を向いてしまった。

母親のきせも、兄の仁助も、うつむいて黙っている。

信平は、兼保に顔を向けた。

「いかがなされますか、兼保殿」

すると兼保が、うかがうような顔を上げた。

「そのことでございますが、先ほどの話は、まことでございますか」

信平はうなずいた。

「お初、二人をこれへ」

「はは」

そばに控えていたお初が応じて下がり、程なく戻ってきた。

顔をうつむけた陽之介が下段の間の下座に座り、おみつが廊下に座って、信平に平身低頭した。

兼保が、後ろに顔を向けて告げる。

「これ陽之介、顔を見せい」

「はい」

陽之介が、ゆるりと顔を上げた。すると、右目の周りが青くなっている。

そんな我が子の無様《ぶざま》な姿に、兼保は驚いた。

「陽之介、なんじゃその顔は」

おみつが大声をあげた。

「申しわけございません！」

必死にあやまる十五歳の乙女は、顔を真っ赤にしている。

茄七もきせも、仁助も頭を下げた。

そして、茄七が口を開く。

「娘が、とんでもねぇことを」

すると兼保が、穏やかな顔を向けて応じる。

「よい、よいのだ茄七殿。悪いのは、先に手を出そうとしたこの愚息じゃ」

すると陽之介が、必死の顔をした。

「わたしは、手を上げてはおりませぬ。おみつの肩に付いていた糸を取ろうとしただけでございます」

「それを勘違いしたわたくしが、つい」

おみつは咄嗟《とっさ》に手首をつかみ、えい、と、投げ飛ばし、仰向けに倒れた陽之介の顔に拳を突き下ろしていたのだ。

茄七が恐縮して言う。

「娘は、三つの時から原宿村の田舎道場に遊びに行き、そこの師範に可愛がられて、身を守る術を習っていたのでございます」

兼保が目を細めた。

「さようか。いや、それは良かった。お蔭で、愚息も目がさめたであろう」

「ですから、わたしは糸を……」

「市中でおなごを殴ったのは事実であろうが」

兼保に厳しく言われて、陽之介は下を向いた。

兼保が、押し黙る息子に告げる。

「陽之介」

「はい」

「おなごが不義を働いたとはいえ、お前には関わりのないこと。それを傷つけたは罪じゃ。分かるな」

「はい」

「お前に襲われた者は、未《いま》だにこころの傷が癒えてはおるまい。いかがする気じゃ」

「御目付役に自訴して罰をうけ、怪我をさせた相手には、償《つぐな》いをいたします」

「うむ。よう申した。して、おみつを囲い、親兄弟に心配をかけたことは、いかがする」

「許されるなら、生涯をかけておみつを幸せにしとうございます」

「なんじゃと」

「おみつと、生涯を共に生きてゆきたいのです」

思わぬ言葉に兼保は驚いたが、顔を赤くしてうつむくおみつを見て、

「そういうことか」

と、笑みを浮かべた。

おみつの様子に、茄七たち家族は、あっけにとられた顔をしている。

兼保が信平に頭を下げた。

「信平様、此度は、ご迷惑をおかけしました」

うなずいた信平が、平身低頭する陽之介に問う。

「先ほどの言葉に、偽りはないのだな。もう二度と、おなごを傷つけぬと約束できるか」

「はい。お約束します」

神妙に答えた陽之介に続き、兼保が口を開く。

「わしの目が黒いうちは、二人を見守る所存。どうか、お許しくだされ」

「そなたたちは、それでよいのか」

信平が茄七親子に訊くと、揃って頭を下げた。

「あい分かった」

この先は、口を挟むまでもないと思った信平は、狐丸をにぎって立ち上がった。

「我らは、これにて失礼する」

兼保に頭を下げた信平は、善衛門たちと赤坂へ帰った。

墨田の家がその後どうなったかは、一月《ひとつき》後に、善衛門が信平に伝えた。

それによると、兼保は日に日に身体が回復し、信平が訪れた半月後には床払いを果たし、今では、外を歩けるまでになったという。

息子の陽之介は、約束どおり自らの罪を訴え、そのことは将軍家綱の耳に届いた。

家綱は、旗本が江戸市中でおなごを殴って怪我を負わせるなど言語道断、武士として恥ずべき行いである、と怒りはしたものの、自訴したことを認め、重い罰は科さなかった。

されど墨田家は、兼保が没したのちは将軍へのお目見《めみえ》を剝奪《はくだつ》され、家禄《かろく》も五百石から百五十石に減俸される。

「心を入れ替えて、己の力で這い上がってまいれ。と、上様はさような文をくだされたそうです。兼保殿が快復されたは、息子を案じてのことでございましょう」

「さようか」

自訴をした陽之介には、改易という厳しい罰が科せられるのではないかと思っていた信平は、陽之介が浪人になれば、傷つけた相手に十分な償いができぬと思っていただけに、将軍家綱の仕置に慈悲を感じた。

「陽之介を投げ飛ばしたおみつとのことは、どうなったのです？」

五味が訊いたので、善衛門が顔を向けた。

「それがな。そのまま墨田家で暮らしておるそうだ。兼保殿が快復したのも、おみつの手厚い看病によるものだともっぱらの噂じゃ」

「ははぁ」

五味が感心した。

「投げ飛ばされた陽之介殿が、顔の青痣《あおあざ》を気にして離れに引き籠もっていなければ、二人は恋仲になっていなかったかもしれませんな。そう考えると、人の縁というものは、どこに転がっているか分からぬものですな。ねえ、信平殿」

「ふむ？」

「信平殿が雨宿りしていなければ、おみつの親は坂口に殺されていたでしょうから、こうなってはいないはず。これも、縁ですな」

「縁、か」

信平は、庭に目を向けた。

いつの間にか降りはじめていた雨が、鏡のようだった池に無数の波紋を広げている。

本書は『赤坂の達磨　公家武者　松平信平13』（二見時代小説文庫）を大幅に加筆・改題したものです。

|著者| 佐々木裕一　1967年広島県生まれ、広島県在住。2010年に時代小説デビュー。「公家武者　信平」シリーズ、「浪人若さま新見左近」シリーズのほか、「若返り同心　如月源十郎」シリーズ、「身代わり若殿」シリーズ、「若旦那隠密」シリーズなど、痛快かつ人情味あふれるエンタテインメント時代小説を次々に発表している時代作家。本作は公家出身の侍・松平信平が主人公の大人気シリーズ、その始まりの物語、第13弾。

赤坂《あかさか》の達磨《だるま》　公家《くげ》武者《むしゃ》信平《のぶひら》ことはじめ(十三)
佐《さ》々《さ》木《き》裕一《ゆういち》

講談社文庫
定価はカバーに
表示してあります

2023年5月16日第1刷発行

KODANSHA

発行者──鈴木章一
発行所──株式会社　講談社
東京都文京区音羽2-12-21　〒112-8001
電話　出版　(03)　5395-3510
　　　販売　(03)　5395-5817
　　　業務　(03)　5395-3615

Printed in Japan

デザイン─菊地信義
本文データ制作─講談社デジタル製作
印刷───株式会社KPSプロダクツ
製本───株式会社国宝社

ISBN978-4-06-531785-3

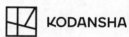

講談社文庫刊行の辞

二十一世紀の到来を目睫に望みながら、われわれはいま、人類史上かつて例を見ない巨大な転換期をむかえようとしている。

世界も、日本も、激動の予兆に対する期待とおののきを内に蔵して、未知の時代に歩み入ろうとしている。このときにあたり、創業の人野間清治の「ナショナル・エデュケイター」への志を現代に甦らせようと意図して、われわれはここに古今の文芸作品はいうまでもなく、ひろく人文・社会・自然の諸科学から東西の名著を網羅する、新しい綜合文庫の発刊を決意した。

激動の転換期はまた断絶の時代である。われわれは戦後二十五年間の出版文化のありかたへの深い反省をこめて、この断絶の時代にあえて人間的な持続を求めようとする。いたずらに浮薄な商業主義のあだ花を追い求めることなく、長期にわたって良書に生命をあたえようとつとめるところにしか、今後の出版文化の真の繁栄はあり得ないと信じるからである。

同時にわれわれはこの綜合文庫の刊行を通じて、人文・社会・自然の諸科学が、結局人間の学にほかならないことを立証しようと願っている。かつて知識とは、「汝自身を知る」ことにつきていた。現代社会の瑣末な情報の氾濫のなかから、力強い知識の源泉を掘り起し、技術文明のただなかに、生きた人間の姿を復活させること。それこそわれわれの切なる希求である。

われわれは権威に盲従せず、俗流に媚びることなく、渾然一体となって日本の「草の根」をかたちづくる若く新しい世代の人々に、心をこめてこの新しい綜合文庫をおくり届けたい。それは知識の泉であるとともに感受性のふるさとであり、もっとも有機的に組織され、社会に開かれた万人のための大学をめざしている。大方の支援と協力を衷心より切望してやまない。

一九七一年七月

野間省一